LA NOVIA ROBADA

LA SERIE DE BRIDGEWATER - LIBRO 7

VANESSA VALE

Derechos de Autor © 2019 por Vanessa Vale

Este trabajo es pura ficción. Los nombres, personajes, lugares e incidentes son producto de la imaginación de la autora y usados con fines ficticios. Cualquier semejanza con personas vivas o muertas, empresas y compañías, eventos o lugares es total coincidencia.

Todos los derechos reservados.

Ninguna parte de este libro deberá ser reproducido de ninguna forma o por ningún medio electrónico o mecánico, incluyendo sistemas de almacenamiento y retiro de información sin el consentimiento de la autora, a excepción del uso de citas breves en una revisión del libro.

Diseño de la Portada: Bridger Media

Imagen de la Portada: Period Images; fotolia.com- Jag_cz

PRÓLOGO

Mary

"Colócate sobre tus rodillas y manos, cariño".

El hombre estaba al lado de la cama, desnudo como el día en que nació, frotando su muy duro pene. Un fluido claro se filtró de la punta y la sonrisa perversa en su rostro demostraba que lo estaba pasando muy bien. Era atractivo, delgado, musculoso, y su mandíbula estaba oscurecida por una barba recortada.

La mujer le sonrió tímidamente e hizo lo que se le pidió. Sólo llevaba un corsé rojo sangre, las cintas de la parte superior desabrochadas y sus senos abundantes desparramándose.

Yo estaba en la habitación de al lado, mirando a través de un pequeño agujero, mis manos presionadas contra la pared, observando. Chloe, una de las muchas putas de The Briar Rose, se paró a mi lado, nuestros hombros chocando, mientras observaba desde su propio lugar secreto.

La puta, ahora de rodillas, expuso su trasero y lo meneó, invitando al hombre a mirar su vagina. Aunque ninguno de los dos era tímido y una era profesional, tenían una manera de ser que indicaba que ya habían estado juntos antes.

Yo había estado escuchando a escondidas con Chloe durante los últimos meses y ahora podía decir esas cosas. Sí, conocía los términos más vulgares para el miembro de un hombre, el lugar secreto de una mujer y más. Pene, vagina, trasero, semen. Esas palabras ya no eran crudas ni obscenas. Había visitado el burdel, al principio lo suficientemente inocente como para traer ropa usada como caridad a través de las Damas Auxiliares, pero conocí a Chloe y regresé por amistad. Y, por supuesto, porque tenía curiosidad sobre lo que pasaba en un burdel. Lo que pasaba entre un hombre y una mujer.

Jadeé cuando el hombre le dio un azote en el trasero a la puta, una huella de mano rosado brillante floreciendo en su carne pálida.

"Mira, a Nora le gusta", susurró Chloe.

No había duda de que la puta sabía de las mirillas, pero el hombre que había pagado por un revolcón con la voluptuosa Nora probablemente no lo sabía. Estos eran una medida de seguridad—los hombres eran impredecibles y a veces crueles—pero a mí me pareció que era útiles para escuchar a escondidas. La Srta. Rose, la Madame, parecía contenta con mis actividades *razonablemente* inocentes, tan solo mientras permaneciera escondida.

"¿Le gusta que la azoten?" Dije susurrando. Pude ver que le gustó, con su mirada de sorpresa, y luego ojos entrecerrados. A mí también me gustó, pero no me atrevía a decirle eso a Chloe ni a nadie más. La idea de que la mano de un hombre golpeara mi trasero desnudo hizo que me mojara entre mis propios muslos, hizo que mi vagina se apretara, al igual que Nora.

Su vagina estaba rosada, hinchada y resbaladiza con su excitación. No había duda de que la mía también, y yo sólo estaba mirando. Quería que un hombre me hiciera eso. No el hombre que estaba con Nora, sino *algún* hombre. Mi hombre, quienquiera que sea. Quería mirarlo tímidamente por encima de mi hombro, ver su sonrisa pervertida a cambio. Me mordí el labio para ahogar un gemido cuando él le dio otro azote, el fuerte crujido de su palma contra la carne de ella resonando a través de la pared.

Había visto putas que fingían con hombres, actuando su placer a cambio de dinero. Pero Nora no necesitaba fingir nada con él. En lugar de poner su pene dentro de ella—follándola, como lo llamaba Chloe—se arrodilló en la cama detrás de ella y puso su boca... allí.

"Oh señor", susurré. Chloe cubrió una risita con sus dedos. Miré a mi amiga, toda cabello rojo salvaje y mejillas rosadas, y supe que tenía los ojos muy abiertos. *Eso* fue algo nuevo que ver.

"A él le gustan las vaginas", susurró ella.

Volví a poner mi ojo en la mirilla cuando escuché el grito de placer de Nora. Él estaba lamiendo su carne de mujer, chupándola, mordisqueándola también. Oh Dios mío. Su barba empezó a brillar con su excitación.

"Eso es, cariño, vente para mí", dijo el hombre. "Vente en mis dedos y luego te follaré".

"¡Sí!", gritó Nora. El hombre se limpió la boca con su mano libre y deslizó sus dedos dentro y fuera de ella mientras ella se retorcía sobre ellos.

Fue difícil no retorcerme mientras veía al hombre darle tanto placer a Nora. Estaba tan ansioso por verla venirse que retrasó su propia necesidad. Yo quería eso. Quería un hombre que me pusiera a mí primero.

El hombre le dio otro azote. El pene del hombre estaba

hinchado y goteando, claramente necesitado de su propia liberación. "Ahora, cariño. Dámelo ahora".

Nora lo hizo, gritando su placer. La mirada en su rostro era exquisita. De abandono salvaje. No pensó en nada más que en la dicha que el hombre le arrebató a su cuerpo. La sonrisa perversa del hombre infería su poder sobre el cuerpo de ella.

Dios, yo quería eso. Lo anhelaba. Lo necesitaba. Pero yo no era una puta del Briar Rose. Yo era una heredera de cobre y ni siquiera debería saber lo que es follar. Ni siquiera debería conocer la palabra en sí misma. Pero la sabía. ¿Eso me convertía en una libertina? Probablemente, pero mi vida era tan simple, tan estricta y aburrida, que visitar a Chloe y descubrir un mundo completamente nuevo era lo único que me divertía. Que me daba esperanza.

Esperanza de que hubiera un hombre ahí fuera que me quisiera como este hombre quería a Nora. Quería ser salvaje, no reprimida. Quería compartir cada uno de mis deseos secretos con alguien que se ocupara de ellos, no aplastarlos bajo la bota de la sociedad educada.

Quería más de lo que jamás podría conseguir con mi esposo destinado. Si mi padre cumplía lo que quería, este sería el Sr. Benson y él nunca me daría azotes en el trasero, ni me lamería la vagina, ni siquiera me tomaría por detrás como el hombre que estaba con Nora. En lugar de eso, me acostaría de espaldas en la cama, estaría oscuro y el Sr. Benson me levantaría el camisón y se introduciría en mí, llenándome de su semen. Sería extraño e incómodo, pegajoso y desastroso; no vería placer. No vería... nada.

Cuando el hombre y Nora encontraron su último placer, ambos en voz alta, Chloe y yo nos apartamos de la pared. Otra puta, Betty, metió la cabeza en la habitación vacía donde habíamos estado espiando. "Mary, tu hombre está aquí", susurró.

"¿El Sr. Benson?" Mi corazón dio un brinco ante la idea de que podría haberme visto. Poco probable, pero desconcertante a pesar de todo. "¿Está aquí?"

La idea de ver a mi prometido follando con otra mujer me dio náuseas.

Betty asintió, pero no estaba emocionada. "Sí, y le está dando un latigazo a Tess".

Chloe y yo nos miramos la una a la otra y nos apresuramos a buscar a Betty. El pánico me llenó por lo que presenciaría a través de una mirilla diferente, porque supe allí mismo que si me casaba con el Sr. Benson, el placer que Nora había encontrado nunca me pertenecería.

1

Mary

El sorpresivo silbido de vapor me hizo tropezar mientras bajaba del tren.

"Tenga cuidado, Srta. Millard", dijo el Sr. Corbin, agarrándome suavemente el codo hasta que estaba en tierra firme de nuevo. Incluso con el calor, pude sentir la calidez de su tacto a través de mi manga.

La estación de Butte estaba muy concurrida, muchos bajando después de un largo viaje desde el este. Era el pueblo más rico de la Tierra y los futuros mineros estaban ansiosos por encontrar su propia vena de cobre y hacerse ricos.

Yo no estaba tan ansiosa, porque sólo venía de Billings, no de Minneapolis ni de Chicago, y había vivido en Butte toda mi vida. Estaba bien familiarizada con el pueblo y no tenía la esperanza que tenían los demás. Por supuesto, no necesitaba trabajar por dinero. No porque yo fuera mujer, sino porque mi padre tenía más que Dios. Sus palabras, no las mías.

Así que el viaje a través del Territorio de Montana fue demasiado corto y no estaba lista para regresar con mi padre y sus intenciones. Mientras que pasar el mes con mi abuela estaba lejos de ser emocionante, ciertamente retrasó lo que supuse que era inevitable. Quería dar la vuelta y volver a instalarme en el vagón de tren, ver a Butte pasar de largo y continuar a lugares desconocidos.

La mano del Sr. Corbin se mantuvo un momento más de lo necesario. Me volví para mirar al hombre—uno de los dos hombres—que había sido amable y atento conmigo durante el viaje. Habíamos conversado amigablemente durante horas y ellos—él y su amigo, el Sr. Sullivan—me acompañaron al vagón restaurante para el almuerzo para que no me sentara sola. No fue difícil pasar el rato con dos hombres guapos.

Con su cabello rubio y su sonrisa relajada, el Sr. Corbin sin duda volteaba cabezas a dondequiera que iba. Definitivamente volteó la mía. También lo había hecho su amigo el Sr. Sullivan. Había pasado horas debatiendo en silencio cuál me atraía más. ¿Prefiero a mi hombre rubio o moreno? ¿Tranquilo o intenso? A pesar de todo, ambos habían sido unos perfectos caballeros. Tristemente.

Incluso ahora, con la mano del Sr. Corbin en mi codo en el andén de la estación, mantenía un espacio apropiado entre nosotros y fue completamente solícito. Nadie miraría dos veces con su caballerosidad. La caballerosidad era buena y todo, pero yo anhelaba las... atenciones íntimas que un hombre tenía con su esposa. Quería esa conexión, el vínculo que veía entre mis amigas y sus esposos. Las miradas secretas que compartían, una caricia suave, incluso tomarse de la mano. También quería que me tomaran con un abandono salvaje. Que me follaran, como lo llamaba mi amiga Chloe.

Pero estos hombres me veían como una dama y no me someterían a un comportamiento tan desenfrenado. Maldición.

Lamentablemente, la mano del Sr. Corbin en mi codo fue uno de los únicos tactos que alguna vez había recibió de un hombre. Quería más de él, imaginaba cómo se sentiría su piel contra la mía, no con la barrera de mi vestido en el camino.

"Gracias", murmuré, deseando que me acariciara la espalda con la mano, que me desabrochara las pinzas del cabello, que me desatara las cuerdas del corsé. Como doncella, yo no debería saber nada de lo que un hombre podría hacer una vez que quitara el corsé, pero lo sabía. No en el sentido práctico, había visto lo suficiente de lo que pasaba entre un hombre y una mujer como para quererlo para mí. Era Chloe quien había despertado mi interés por todas las cosas masculinas y parecía que había sido completamente corrompida. Puede que esté manchada, pero todavía tenía mi virtud.

Si mi padre supiera de mis visitas al Briar Rose y de Chloe, de lo que me ha enseñado, nunca me dejarían salir de casa. Probablemente me enviarían al convento de las afueras del pueblo a las Damas de la Inmaculada Concepción, hasta que supiera qué hacer conmigo.

También descubrí que mi existencia protegida venía con visiones sesgadas y preconcebidas de chicas como Chloe. Las señoritas auxiliares habían dicho que las putas eran pobres cuando en vez de eso ganaban bastante bien a sus espaldas y no necesitaban la ropa usada que yo les había llevado. También descubrí que los hombres que mi padre había desfilado delante de mí como posibles pretendientes no eran verdaderos caballeros; sorprendentemente reconocí a varios de ellos a través de las pequeñas mirillas que había en el establecimiento. Lo que había visto haría que las Damas Auxiliares se desmayaran. Todo esto hizo que me mojara con frecuencia entre los muslos y que estuviera ansiosa por las atenciones de un hombre.

Debido a mi espionaje, había visto a Reginald Benson, el

hombre que caminaba por el andén de la estación en dirección a mí con mi padre, y él *no* era un hombre al que quisiera cortejar. Después de saber lo que le hizo a Tess, ni siquiera quería estar en la misma estación de tren. Me estremecí ante el recuerdo de los gritos de la puta mientras era azotada. Afortunadamente, Chloe había dicho que el Gran Sam había venido a rescatarla y que se recuperaría. El Sr. Benson había sido incluso expulsado de The Briar Rose, pero eso no significaba que cambiaría sus maneras. Simplemente encontraría a alguien más a quien lastimar. Y si yo estuviera casada con él...

Y, sin embargo, a mi padre le parecía bien el hombre, porque caminaban juntos hacia mí. Mi padre o no conocía sus inclinaciones crueles o no le importaba.

"Oh Dios", murmuré. Mi padre quería unirme con el Sr. Benson. No me estarían sacando de la estación ellos mismos —juntos— por alguna otra razón. La bilis se me subió a la garganta al darme cuenta de que yo era el eslabón que conectaba las dos minas más grandes del pueblo, propiedad de cada uno de ellos.

No iba a ir al convento; iba a casarme con el Sr. Benson y pronto.

No podía dejar que eso pasara. No podría sobrevivir a los azotes de un látigo ni a ninguna de las cosas horribles que haría el Sr. Benson. No habría ayuda para mí, ni rescate. No habría Gran Sam. Como esposa, podría ser golpeada—o algo peor—sin ninguna salvación. Sería una propiedad. Gimoteé ante la idea y agarré el brazo del Sr. Corbin.

Sí, fue un gesto impetuoso, pero desesperado. Pero en cuestión de un minuto, me encontrarían y me llevarían.

Miré al hombre frenéticamente. "Yo... necesito tu ayuda".

Los ojos del Sr. Corbin se entrecerraron mientras miraba mi agarre en su brazo antes de buscar peligros ocultos alrededor de nosotros. Me metió detrás de él, protegiéndome.

"¿Qué pasa, cariño?", preguntó, sus ojos pálidos finalmente encontrándose con los míos. Tragué saliva, porque él era demasiado atractivo para su propio bien y estaba muy preocupado. Su protección no pasó desapercibida, ni tampoco el trato cariñoso demasiado familiar.

"Mi padre está aquí con un hombre al que no deseo... ofrecerle mis atenciones".

Miró a lo largo de la estación. Aunque había mucha conmoción ahí, supe que había notado al dúo que me estaba buscando. Estaba contenta, por una vez, de que Butte fuera un lugar tan concurrido.

"¿Uno es del tamaño de una olla barrigona, el otro tiene el cabello hacia atrás y bigote?", preguntó.

Asentí y mantuve mi rostro escondido, estremeciéndome ante la descripción del Sr. Benson. El Sr. Corbin se dio la vuelta para que su cuerpo bloqueara la vista de los hombres que se acercaban a mí, dándome unos momentos más de escondite. Él era tan grande que estaba bien escondida detrás de sus hombros y pecho anchos. Yo apenas llegaba a sus hombros. Me sentí protegida y extrañamente segura.

"Sí. Hay mucho que contar y poco tiempo, pero mi padre me casará con él, con el del bigote".

"Tú no quieres eso". Su voz fue baja y profunda, clara y tranquila, a diferencia de mi tono frenético. Mis manos estaban húmedas y mi corazón latía frenéticamente en mi pecho.

Me estremecí ante la idea de convertirme en la esposa del Sr. Benson. "No podría... no podría soportar su toque".

El Sr. Corbin de alguna manera se hizo más alto, más alerta. "Si ha hecho algo inapropiado, lo voy a matar".

Sus palabras agudas hicieron que mi boca se levantara en

una pequeña sonrisa, pero me preocupaba que estuviera siendo bastante sincero. No temía que se ofreciera a asesinar a alguien, sino que lo encontraba protector y tranquilizador.

Con un vistazo rápido alrededor del hombro del Sr. Corbin, vi que se estaban acercando. "Finge ser mi prometido", dije apresuradamente. La idea era absurda, pero fue lo primero que se me ocurrió. Podría funcionar. El Sr. Corbin tenía la edad adecuada, no estaba casado—al menos no mencionó a una esposa durante el viaje en el tren—y tenía una posición apropiada en la sociedad para hacer que fuera creíble para mi padre y el Sr. Benson.

Fue su turno de sonreír. "Cuando alguien me propone matrimonio, al menos debería arrodillarse".

Frunciendo los labios, me incomodó su comentario en un momento como este. "Mi padre me va a casar con el hombre para ampliar las posesiones de su mina. Seré la tercera esposa del hombre; la primera murió en el trabajo de parto y la segunda desapareció misteriosamente".

Toda la diversión se desvaneció del rostro del Sr. Corbin.

"Tu ayuda retrasará lo que ellos ven como inevitable, pero me dará un poco de tiempo para escapar".

"¿Escapar?", dijo, su voz fría.

"Yo iba a pasar el mes con mi abuela en Billings, pero los dos hombres están impacientes. De lo contrario no habrían venido a la estación por mí. No está en su naturaleza atender a nadie más que a ellos mismos".

"¿Tanto le temes?", preguntó. Sus ojos me recorrieron el rostro como si comprobaran la verdad de mis palabras.

Fijé los ojos en los botones de la camisa del hombre para no tener que mirarlo a los ojos cuando le dije: "¿Temerle?" Asentí. "Absolutamente. También lo he visto con putas y sé que no somos... compatibles. Lo que él desea y lo que yo anhelo son totalmente opuestos".

No había tiempo para explicar la crueldad del Sr. Benson.

La ceja pálida del Sr. Corbin se elevó. "Me gustaría escuchar qué es lo que anhelas, pero en otro momento". Miró hacia atrás. "Si tu padre está tan ansioso por casarte con este hombre, un prometido no va a disuadirlo. Reconozco tu nombre, cariño, y tu padre es muy poderoso por aquí".

Mis hombros se desplomaron y las lágrimas llenaron mis ojos. Él no iba a ayudarme. Nadie iría en contra del Sr. Gregory Millard. Tan pronto como mi padre me encontrara, estaba condenada a casarme con un hombre terrible. La sola idea de que el Sr. Benson estuviera desnudo y encima de mí, tocándome, follándome, *lastimándome*, me dio escalofríos.

"¿Cuál es el problema?" El Sr. Sullivan bajó del tren y se paró a nuestro lado. Era el compañero de viaje del Sr. Corbin y se había unido a nosotros para conversar y almorzar. Su voz era profunda y suave, sus hombros anchos y bien musculosos. Era un poco más alto que el Sr. Corbin, y mucho más intimidante.

Uno al lado del otro, sus grandes cuerpos me protegían del sol y, con suerte, de mi padre.

Sabía por el viaje que venían desde Miles City y que también se bajaban en Butte, pero continuarían a caballo hasta Bridgewater. Había escuchado hablar de la comunidad, que estaba a unas pocas horas a caballo de la ciudad, pero nunca antes había conocido a nadie de allí. Habían sido conversadores amables y agradables.

Miré al Sr. Sullivan, todo cabello oscuro y modales fríos. Colocó dos maletas de cuero en el suelo a sus pies. Donde el Sr. Corbin era alegre y amable, el Sr. Sullivan rara vez sonreía. Era difícil leer sus pensamientos, discernir si mi presencia en el vagón restaurante le parecía una molestia o no. Sólo miraba fijamente, y luego miraba un poco más. Había sido desconcertante, por no decir otra cosa, como si el hombre pudiera ver todos los oscuros secretos que guardaba. En el vagón restaurante, el Sr. Corbin le había dado una palmada en la espalda a su amigo y me aseguró que él era igual de serio con todos.

"La Srta. Millard no desea cortejar al hombre que se acerca con su padre. Me pidió que la ayudara haciéndome pasar por su prometido, pero no funcionará".

El Sr. Sullivan buscó entre la multitud y aunque yo no pude ver, lo supe en el momento en que los encontró. "Benson. Mierda, mujer, ¿te van a casar con Reggie Benson?"

Mi boca se abrió con sorpresa y no por los insultos. Aunque ninguno de los dos eran hombres pobres que intentaban encontrar un trabajo para sobrevivir, no estaban vestidos de la mejor manera posible como los verdaderamente ricos. No parecían del tipo de los que se asocian con el Sr. Benson, pero era posible que yo estuviera equivocada. ¿Quiénes eran estos hombres y estaba yo demasiado loca por pedirles ayuda?

Me aclaré la garganta y me encontré con los ojos oscuros del Sr. Sullivan. "Sí, mi padre está muy insistente en hacer crecer su imperio minero. Como el Sr. Benson es el dueño de la operación Beauty Belle, me confía en sus intenciones".

El Sr. Sullivan asintió con decisión. "Entonces simplemente deberíamos matarlo".

Antes de que pudiera responder a la... manera violenta en que ambos deseaban resolver mi problema, el Sr. Corbin habló. "Yo ya ofrecí eso".

El Sr. Sullivan gruñó. "Parker tiene razón, Srta. Millard. Un compromiso no disuadirá a Benson".

Demasiado para mi idea. Miré al suelo, desanimada. No tenía ninguna duda de que en un mes sería la Sra. Benson. Aclarando mi garganta, coloqué mi mejor sonrisa falsa. Era muy hábil fingiendo felicidad. "Sí, lo entiendo. Fue una idea tonta. Gracias a los dos por ayudarme a pasar el tiempo en el tren, caballeros, pero debo—"

El Sr. Sullivan me cortó. "Un compromiso no disuadirá al

hombre", repitió. "Pero un matrimonio sí lo hará. No con Parker. Con papeles, legalmente, deberías casarte conmigo".

"¿Disculpa?"

"Si él es como dices, entonces no puedo dejar que te cases con él y tener la conciencia tranquila".

Le eché una mirada al Sr. Corbin y asintió en acuerdo.

Mi conmoción fue obvia en mi voz. "Sí, ¿pero casándote tú conmigo en su lugar?"

El Sr. Sullivan colocó la punta de sus dedos en mis labios y mis ojos se ensancharon por el toque atrevido.

Sonrió entonces, brillante y perversamente. "Sí, exactamente. Te lo advierto, yo no soy como Benson. Seré demandante contigo, pero nunca te haré daño. Cásate conmigo y te protegeré con mi vida".

Si sus dedos no hubieran presionado mis labios, mi boca se habría abierto de sorpresa por su vehemencia.

2

ARKER

En el momento en que la Srta. Millard entró en el tren de Billings, supe que ella era la indicada. Mientras el portero la seguía llevando su pequeña maleta, ella tropezó por el pasillo mientras el tren tomaba velocidad. Moviéndose de un lado a otro, colocó sus manos en la parte trasera de los asientos para mantener el equilibrio. Me puse de pie inmediatamente, dirigiendo los ojos de Sully desde libro que tenía en su regazo hacia la mujer con la que nos casaríamos.

El vestido que llevaba puesto era del corte más fino, de seda verde pálido con un brillo brillante que, debajo de mis dedos, no sería tan suave como la piel de su largo cuello. Yo no tenía que ser mujer para conocer el último estilo o la calidad de los materiales. Su pequeño sombrero, justo por encima de su cabeza de rizos rubios, combinaba perfectamente. El vestido era completamente modesto, desde las mangas largas hasta el cuello alto, pero no hacía nada para ocultar sus curvas tentadoras.

Para ser tan bajita—tan solo me llegaba al hombro—tenía los senos grandes y las caderas anchas. Era voluptuosa y solo un poco tímida, pero así es como me gustaba que fuera mi mujer. Cuando montara mi pene—y lo *haría*—podría agarrar bien sus caderas exuberantes. Cuando le diera azotes en el trasero—basado en su naturaleza amable sería más por placer que por castigo—este se estremecería debajo de la palma de mi mano y se tornaría de un perfecto tono rosado. Sus senos serían un puñado delicioso y sólo podía imaginarme sus ojos nublándose con pasión cuando tirara de sus pezones endurecidos.

Dando un paso hacia adelante, tomé la maleta del portero y saqué una moneda de mi bolsillo. Con un rápido asentir con la cabeza, se dio media vuelta y abandonó el auto. Colocando su maleta debajo del asiento, le hice un gesto para que se sentara frente a nosotros. Aunque el tren no estaba lleno y ella podía elegir su propio asiento, le quité esa opción. Sus buenos modales dictaron que aceptara la invitación. Sully se puso de pie respetuosamente, agachando la cabeza porque era muy alto, e hizo un gesto para que ella se uniera a nosotros. Mientras se acomodaba, ajustándose sus faldas largas, miré a Sully. Un ligero asentimiento con la cabeza fue todo lo que necesité para saber que estaba de acuerdo.

En cuestión de un minuto, nuestras vidas cambiaron. Inalterablemente. Esta belleza rubia sería nuestra. Así que hablamos con ella desde Billings hasta Butte. Bueno, yo lo hice. Sully no era una persona de muchas palabras y pasó el tiempo observándola de cerca. Noté la ligera elevación de sus labios cuando sonreía, cada peca en su nariz, la delicada curva de sus orejas. Hablamos de todo, desde su estadía con su abuela durante el mes pasado, hasta libros, pasando por la política en el Territorio de Montana. Estaba bien informada, claramente bien educada. A pesar de que mi pene quería su cuerpo, me alegró que tuviera un ingenio agudo y un espíritu gentil dentro de un paquete tan delicioso.

Era fácil fantasear cómo sería con ella mientras escuchaba su voz suave, mientras imaginaba cómo sonaría gritando mi nombre mientras le daba placer, cómo le suplicaría a Sully que la tomara. Más fuerte. Más profundo. Más rápido.

Afortunadamente, una sorprendente manada de alces fue visible en la distancia. Mientras ella los miraba, me acomodé el pene, que estaba a punto de estallar dentro de los estrechos confines de mis pantalones. Sully sólo sonrió con picardía.

Fue cuando llegamos a Butte y la ayudé a bajar del tren, que me alegré de que se volviera hacia mí. En ese momento, no sabía por qué había entrado en pánico, pero ya la había considerado como mía y resolvería todos sus problemas. Sully también. Cuando descubrí quién era ella, que era una heredera de cobre con un padre indiferente que quería usarla para un negocio, mis instintos protectores se sobrepusieron. Cuando supe que iba a casarse con ese imbécil de Benson, me alegré de que Sully se nos uniera.

Benson era despiadado. Un hombre de negocios insensible, él consideraba el dinero antes que a los hombres. Su mina no era segura; ocurrían derrumbes con una frecuencia peligrosa, sabiendo que un hombre muerto podía ser fácilmente reemplazado por otros dos más desesperados. El cobre era sacado a un ritmo que lo hacía más rico que los dueños del ferrocarril. Al evaluar al padre de la Srta. Millard, tuve que suponer que él podría ser aún más rico.

Los hombres con prácticas comerciales avariciosas usaban a las personas como peones, incluso a hijas inocentes para alianzas matrimoniales. La Srta. Millard se había reído y calentado con nuestra ingeniosa conversación en el tren, así que sabía que se convertiría en una mujer asustadiza y temerosamente sumisa si se casaba con Benson. No habría humor, ni preocupación, ni amor. Habría sexo, seguramente, pero ella no lo disfrutaría, no sentiría ni un poquito de deseo. Benson había pasado por dos esposas y todas las putas de Butte. Era tristemente famoso por su crueldad—tan famoso que hasta la inocente Srta. Millard lo sabía—y sólo la puta más cínica y oscuramente inclinada podía disfrutar de sus necesidades.

La Srta. Millard era una mujer apasionada, no tenía dudas de eso. Sería un placer despertarle todos sus deseos. Descubrir lo que le gustaba, lo que la hacía jadear mi nombre, gritar el de Sully, mientras la tomáramos. Pero sólo un anillo en su dedo y su necesidad desesperada de nuestra protección hacia Benson garantizaban eso. Aunque ella esperaba un arreglo temporal, en su pánico no podía ver que algo *temporal* no funcionaría. Un compromiso sólo retrasaría los planes de su padre. Un verdadero matrimonio es la única manera de prevenir lo inevitable.

Ella tendría un matrimonio de verdad. Sully, como su esposo, le daría más protección que yo. Fue una decisión rápida e inteligente, trasladarle los aspectos legales de nuestra unión a él. Como su esposo, él la protegería de gente como Benson y su padre sólo con su nombre. Con sus antecedentes, su notoriedad, nadie se atrevería a impedirlo.

Cuando le advirtió que él no era como Benson, que sería demandante con ella, ella descubriría cuáles eran esas demandas con el tiempo. Incluía dejar que dos hombres dominantes la controlaran en el dormitorio, y en varios lugares fuera de este. Sí, Benson habría sido un esposo controlador, pero no sería cariñoso. Desde ese momento en adelante, la Srta. Millard fue el centro de nuestro mundo y estaba justo donde debía estar—entre nosotros.

Cuando Sully levantó el dedo de la boca de ella, se acercó más y dijo: "Sonríe, amor. Ya no estás sola".

Eso era cierto. Ella no volvería a estar sola. No tendría que enfrentarse a su padre por ella misma, no tendría que asociarse con gente como Benson. Ellos no podían tocarla. Ni físicamente, ni emocionalmente.

Estar casada con dos esposos no era la norma social, especialmente en Butte. En el rancho de Bridgewater, ese no era el caso. Todos se casaban de esa manera: dos—o más—hombres por cada novia.

"Ni siquiera sé tu nombre de pila", murmuró, mirando a Sully con nerviosismo antes de mirar a los hombres que se acercaban. Observé como sus manos jugueteaban con su vestido, cómo se mordía el labio, sus ojos muy abiertos con inquietud.

"Mi nombre es Sully". Le pasó una mano por el brazo. "No te preocupes, cariño. Nosotros nos ocuparemos de ti. Siempre".

Respirando profundo—lo que hizo que sus senos se hincharan debajo de su vestido—llevó sus hombros hacia atrás e inclinó su barbilla firmemente como si fuera de la realeza. Podía sentir su nerviosismo y miedo, pero lo ocultaba bien. Sólo tuve que preguntarme *por qué* había tenido que perfeccionar la habilidad.

Su padre y Benson se acercaron, sus zapatos brillantes resonando sobre el suelo. Lo supe en el momento en que vieron por primera vez a la Srta. Millard—mierda, no sabíamos su nombre de pila—pero estaba aún más consciente de cuando se dieron cuenta del tacto posesivo de Sully sobre ella.

Aunque su padre era bajito y redondo, su traje a medida le quedaba perfecto. Su cabello gris era claro y la piel brillante de su cuero cabelludo estaba roja y pecosa por el sol. Se le formaban papadas en el cuello. Junto con su gran peso, no era un hombre al que se le pudiera negar nada. Eso significaba que no estaría contento cuando supiera que Benson no se iba a casar con su hija.

Benson era lo opuesto a Millard. Alto y delgado, tenía el aspecto demacrado de un hombre que no necesitaba levantar un dedo. Su palabra, sus órdenes, traía resultados inmediatos. Él también estaba vestido inmaculadamente, con un traje tan negro como su cabello y bigote; parecía estar de luto.

"Mary", le dijo el Sr. Millard a su hija.

Mary. El tono que acompañaba a esa única palabra tenía tanto significado. Nada de esto era placer por ver a su hija después de un mes de separación. No la abrazó; no le puso una mano en el hombro para apretarla. Ni siquiera sonrió. Mary, sin embargo, dio un pequeño paso más cerca de mí.

"Hola, Padre. Sr. Benson". Inclinó la cabeza para saludar. "Fue muy amable de tu parte venir a recibirme en la estación, pero no era necesario".

"Confío en que tu visita con tu abuela fue agradable".

Por lo que Mary—me gustaba mucho más que llamarla Srta. Millard—había dicho sobre su visita, la mujer era definitivamente la madre de este hombre. Sonaba como una vieja bruja.

"Sí, por supuesto".

Ella podía mentirle a su padre, pero una vez que nos casáramos, sería colocada sobre mis rodillas si nos ocultaba la verdad sobre sus sentimientos.

Millard miró a Sully, y luego lo desestimó de inmediato. Intenté ocultar una sonrisa, porque el hombre no tenía ni idea de quién era Sully, a quién acababa de menospreciar.

"Entonces deberíamos irnos. El Sr. Benson está ansioso por acompañarnos a cenar y te acompañará a casa después".

El Sr. Benson miró a Mary distraídamente, casi clínicamente, no como un prometido ansioso por su regreso después de un mes de separación.

Mary negó con la cabeza, pero Sully habló por ella. "Eso no va a pasar, Sr. Millard".

Ambos hombres le prestaron atención después de todo. "¿Y quién eres tú para decir las acciones de Mary? ¿Para cuestionar mi autoridad sobre ella?"

Ofreció un pequeño encogimiento de hombros, y pude ver que mantenía oculta su ira hacia el hombre arrogante. "Soy su esposo, así que creo que es mi autoridad la que ella sigue ahora".

Mary se puso tensa con eso, pero sabía que esa era la forma en que Millard pensaba de su hija, como un súbdito que tenía que seguir las órdenes sin vacilar.

La piel de Millard se puso roja y me preocupaba que tuviera una apoplejía en la estación de tren. Benson no estaba demasiado... interno con sus emociones.

Si Sully hubiera mencionado su nombre, habrían ofrecido una reacción completamente diferente. No lo hizo y esto hablaba de cómo se sentían sobre este giro de acontecimientos.

"No sé quién te crees que eres, pero Mary Millard es mi prometida". La voz de Benson se oyó en la estación llena de gente y los pasajeros se volvieron para mirar.

"Era, Benson. Ella *era* tu prometida. Está *casada* conmigo. Si nos disculpan, por favor".

Sully dio un paso hacia la entrada de la estación, manteniendo cerca a Mary, pero el hombre levantó su mano. No esperaba que esto terminara tan fácilmente.

"Quiero pruebas", dijo Benson.

Miré a Mary, vi el miedo allí. ¿Le preocupaba que Sully cambiara de opinión y la entregara a estos dos? No había ninguna posibilidad. Para llegar a ella, Benson tendría que matarme a mí primero y luego a Sully, porque él tampoco dejaría que le pasara nada.

Besando la sien de Mary, Sully murmuró: "Díselo, cariño".

Desde donde yo estaba detrás de ellos, su aroma llenaba mi nariz, floral y brillante. Sólo podía imaginar lo suave y sedoso que era su cabello contra los labios de Sully. Estaba ansioso por deshacerme de estos hombres y tenerla a solas con Sully, mis dedos deseosos por abrazarla también.

"Yo... estoy casada. Él es mi esposo". Su barbilla se inclinó un poco más hacia arriba.

Benson le ofreció una rápida mirada a Mary, y luego la ignoró. "Esa no es la prueba que estoy buscando".

"¿Es la sangre de la sábana lo que buscas? Te prometo que ella es completamente mía", dijo Sully valientemente.

En una sorprendente explosión de valentía después de la discusión de la prueba de sangre de su virginidad, Mary habló. "Él me folló. ¿Es eso lo que querías saber? La primera vez me dejó estar arriba. La segunda vez, no pudo contenerse y me tomó desde atrás".

Tanto Benson como su padre estaban tan asombrados por sus palabras como yo, ya que solo parpadearon delante de ella. ¿Dónde demonios aprendió a hablar así?

"Crudo", murmuró Benson, como si ella ahora fuera abominable.

Pensé que ella ahora era más intrigante que nunca. Sabía lo que era follar, pero su comportamiento indicaba inocencia. ¿Qué era, una mujerzuela o una virgen? Quería deshacerme de estos bastardos para que Sully y yo pudiéramos averiguarlo.

"Quiero el certificado de matrimonio", ordenó Benson.

Sully se encogió de hombros negligentemente. Él tenía el poder—sin siquiera usar su nombre famoso—y quería dejar claro que ellos no lo asustaban. A mí tampoco me asustaban, ni en lo más mínimo, pero no quería que asustaran más a Mary. Si mentir por ella lo haría, eso hacía que Sully fuera no menos que un caballero.

"No hay ninguna", le dijo Sully al bastardo. "Puedes

revisar el registro de la iglesia en Billings. Primer Presbiteriano en la esquina de Main y Fourth". Probablemente para irritar aún más al hombre, Sully dijo: "Mi pene necesita alivio. Me están impidiendo que folle a mi esposa".

Sully sumergió su mano en la cintura de ella, colocándola más abajo de lo apropiado para que su dedo meñique rozara la deliciosa curva de su trasero. Esto no pasó desapercibido.

El jefe de estación hizo sonar su silbato y el tren empezó a silbar y a chillar, el ruido de los vagones de tren tirando uno del otro y poniéndose en movimiento era demasiado fuerte como para hablar. Aunque ni Benson ni Millard tenían músculos—ni armas—tenían dinero y podían contratar a ambos. La vida de Sully estaba en juego ahora. Él lo sabía. Podía verlo en sus duras miradas. No necesitaban decir nada, insinuar nada. Antes de que el tren estuviera completamente lejos, giraron y se fueron. Aunque deseaba que fuera la última vez que los veía, sabía que no sería el caso.

Sully movió a Mary para que ambos pudiéramos mirarla. "¿Estás bien?"

Ella inclinó la cabeza hacia atrás y miró entre nosotros dos, asintió. Respiró profundo, y luego de nuevo. "Agradezco su ayuda, pero me temo que probablemente los he puesto en peligro".

Me reí. "Pueden intentarlo, cariño. Pueden intentarlo. No creo que debamos quedarnos en el pueblo".

"Mmm, sí", comentó Mary. "Estoy segura de que se nos prohibirá la entrada a todos los hoteles, restaurantes e incluso pensiones en menos de una hora. El alcance de mi padre es enorme".

Ya no parecía temerosa ni enfadada. Desanimada, tal vez.

Miré a Sully. "Iremos a Bridgewater donde es seguro. Asumo que ya no tienes un motivo para quedarte en Butte".

Miró a Sully y frunció el ceño. "Tú has.... has hecho tu

trabajo. He conseguido que los dos hombres me dejaran en paz, y ahora que creen que somos… íntimos, el Sr. Benson no me querrá más".

Sully se rio entonces. "Todavía te quiero, virgen o no. No es tu vagina lo que busca Benson, sino tu herencia. Para mí, definitivamente es al revés".

Su boca se abrió ante las crudas palabras. Definitivamente era virgen. Apostaría cincuenta dólares a que sí.

"No hay posibilidad de que te dejemos aquí en Butte para que te defiendas por ti misma", añadió Sully. "Estarás casada con Benson a primera hora si te pone las manos encima, y eso sólo sucederá si nosotros estamos muertos. Dije que te ayudaría, que sería tu esposo y seguiré adelante con ello".

"Así es, cariño", agregué, pasando una mano hacia arriba y abajo de su brazo, moviéndose de modo que se interpuso entre nosotros, justo donde pertenecía. "Estás atrapada con nosotros".

"En Bridgewater, estaremos preparados si tu padre o Benson envían hombres", agregó Sully.

"Oh Dios, te matará para llegar a mí". El color abandonó su rostro.

Tomé sus hombros y me incliné para que nuestras miradas estuvieran frente a frente. "Lo intentará, pero no tendrá éxito. ¿Dudas de que Sully y yo podamos cuidar de nosotros mismos, de que podamos cuidar de ti?"

Miró a Sully por encima de su hombro, y luego a mí. "No".

Entonces sonreí. "Buena chica".

"El sol se está poniendo y no tenemos suministros", comentó Sully.

"Que dudo que podamos conseguir. Ni tampoco caballos", agregué. Si Benson y Millard se salieran con la suya, por la mañana estaríamos limitados en todos los negocios, caballerizas o incluso en una lavandería china. Tenían su propio tipo de poder.

"Necesitamos un lugar para quedarnos esta noche. Un lugar seguro. En algún lugar donde nunca buscarán", agregué, buscando ideas en Sully.

Mary se giró sobre su talón y comenzó a caminar. La estación estaba prácticamente vacía ahora que el tren se había ido y la alcanzamos rápidamente con nuestros largos pasos.

"Conozco el lugar perfecto", dijo ella. "Caballeros, ¿qué piensan de las putas?"

3

"Cariño, tienes algo que explicarnos", me incliné y le susurré a Mary en el oído.

Nos guio a través del pueblo hacia la puerta trasera del burdel The Briar Rose. No había habido suficiente tiempo para que Millard o Benson enviaran algunos matones para acosarnos, así que nuestra caminata fue tranquila. Odiaba Butte. A cualquier pueblo, para el caso. Había demasiada gente, demasiadas formas de meterse en problemas. Yo me salí del camino para evitar problemas, pero hoy nos ha pasado en forma de una rubia experta. Oh, ella era inocente eso está bien, pero nos tentó a mí—y a Parker—al mismo tiempo. No había duda de que era la mujer para nosotros, con sus problemas y todo.

Así que, en lugar de evitar el conflicto o cualquier posibilidad de conflictos adicionales en mi vida, acepté el de Mary como mío. Lo que le preocupaba a ella, me preocupaba a mí. Me ocupé de lo que intentaba lastimarla. No había manera de que pudiera ser otra cosa más que mi esposa. Con mi maldito historial, yo era la opción más segura para ella. Nadie la molestaría por el hecho de estar casada conmigo. Pero Mary parecía llevarnos de una sorpresa a otra. ¿Qué señorita virgen sabía de la puerta de la cocina de un burdel? ¿Qué inocente era recibida en su interior con una familiaridad que probaba que había visitado el lugar antes?

"¿Un burdel?", preguntó Parker.

Aunque ni Parker ni yo habíamos estado antes en este establecimiento en particular, era muy parecido a cualquier otro. En el pasado, entrábamos por la puerta principal. Esta noche, nos encontramos entrando por el callejón hacia la cocina llena de gente. El cocinero estaba removiendo algo en la estufa que olía horriblemente a repollo hervido. Dos putas estaban sentadas en la mesa grande comiendo con solo sus corsés y medias. Otra chica entró en la habitación, vio a Mary y luego se fue.

Mary saludó a una de las putas y rechazó un tazón de repollo del cocinero. ¿Cómo diablos estaba mezclada Mary con un burdel? Por la forma en que se había comportado en el tren y su completo disgusto y miedo obvio a Benson, habría apostado lo que fuera a que era virgen. ¿Pero qué virgen estaba a un nivel familiar con las personas de un burdel?

Una mujer con un corsé ajustado y calzoncillos entró por la puerta que se balanceaba. La música de piano la siguió, pero se apagó cuando se cerró la puerta. Era de mediana estatura con senos grandes casi derramándose del corsé. Sus piernas eran largas y bien formadas, su piel cremosa y pálida. Fue su cabello pelirrojo ardiente el que la distinguió de las demás mujeres. Claramente como puta, era muy probable que tuviera mucho éxito en llamar la atención.

"¡Mary!", gritó, corriendo y tirando de nuestra novia—

estaríamos casados antes de que pasara la noche—abrazándola fuerte.

Sonrieron y era claro se conocían una a la otra. Siendo una rubia y la otra pelirroja, no había ningún parecido familiar. No estaban relacionadas. ¿Cómo se hicieron amigas estas dos mujeres, de orígenes completamente diferentes?

"Yo... necesito tu ayuda", admitió Mary.

La mujer nos miró a Parker y a mí. Éramos grandes y la cocina se sentía pequeña con nosotros en ella. Meneó las cejas. "Yo lo diré".

Cuando las risitas de su amiga se calmaron, Mary hizo las presentaciones. "Ellos son el Sr. Corbin y el Sr. Sullivan. Caballeros, les presento a mi amiga, Chloe".

Nos quitamos los sombreros y asentimos. Entre Parker y yo, yo era el más tranquilo y más paciente, y ni siquiera él estaba presionando a Mary a que ofreciera respuestas. Había demasiadas, pero vendrían. Si no, le daríamos unos azotes con suficiente facilidad. Dudaba que cualquiera en el establecimiento se ofendiera si me sentaba y la ponía sobre mis rodillas, le levantaba las faldas y le daba un bonito tono rosado a su perfecto trasero.

"Necesitamos un lugar para quedarnos esta noche", le dijo Mary a su amiga.

Chloe miró a Mary atentamente. "Necesitaré ir a buscar a la Srta. Rose".

Se volvió y se fue antes de que Mary pudiera decir algo más que: "Pero—"

Mientras esperábamos, la llevé hasta la escalera trasera, donde había un indicio de privacidad. Con las escaleras a su espalda y nosotros dos sobre ella, Mary no tuvo más remedio que concentrarse en nosotros.

"Explícate", dije.

Sólo una palabra, pero el tono era claro. Mary *respondería*.

Se lamió los labios y nos miró a los dos a través de sus

pestañas. "Soy parte de las Damas Auxiliares y hace más de un año me dieron la tarea de traer caridad—ropa, guantes y cosas por el estilo—a The Briar Rose. Entonces conocí a Chloe y nos hicimos amigas".

Mis ojos se ensancharon mientras hablaba. "¿Nadie del auxiliar supo que habías vuelto a venir?", le pregunté.

"¿O tu padre?", añadió Parker.

Negó con la cabeza. "Mi padre no suele prestarme mucha atención en lo absoluto. Su aparición en la estación de tren fue un acontecimiento extraño. Por eso sabía lo serias que eran sus intenciones. Sabía que quería que me casara, tenía una idea de que podría ser el Sr. Benson, pero no estaba segura hasta que llegamos. Por eso fui a visitar a mi abuela". Se estremeció. "La madre de mi padre. Probablemente puedas imaginarte lo agradable que fue ese mes". Suspiró. "Pero era mejor que lo que estaba planeando mi padre. Fue una táctica con retraso, pero sólo soy una mujer y no tengo ninguna opción real".

Su afirmación hablaba de su situación; la libertad de una mujer era limitada, sin importar cuánto dinero tuviera. Aunque no tenía que trabajar, estaba atrapada cumpliendo las órdenes de su padre o, una vez casada, las de su esposo.

"No eres *sólo* una mujer", le dije. "Estamos metidos en un maldito burdel. Tengo la sensación de que hay profundidades en ti que tendremos que averiguar".

Como su boca, su vagina, y algún día, su culo, pero Mary no discernía el doble sentido de mis palabras.

Una mujer se aclaró la garganta. Parker y yo dimos un paso atrás y nos enfrentamos a la mujer que definitivamente era la Madame y asumí que era la Srta. Rose. Llevaba puesto un vestido que era opuesto al de Mary por su gusto y calidad. Estaba en sus treinta años, con finas líneas en su hermoso rostro. Por su perspicaz evaluación en nosotros, tuve que asumir que no pasó mucho de su inspección.

"Mary Millard, cuando Chloe dijo que tenías a dos hombres contigo y estabas pidiendo una habitación en el piso de arriba, casi me desmayo".

Mary dio un paso adelante, lucía arrepentida. No sabía si Mary tenía madre o no, pero por la forma en que estaba siendo regañada, no dudé que esta mujer pudiera ser una sustituta.

"Tú eres una buena chica. A pesar de que miras a través de las mirillas para aliviar tu curiosidad, esto va más allá y ciertamente no es como tú".

Mary inclinó su barbilla y pude ver que sus mejillas estaban de un rojo brillante.

"Yo—nosotros no teníamos adónde ir".

La Srta. Rose chasqueó los dedos y las chicas de la mesa se pusieron de pie y se fueron. El cocinero salió por la puerta de atrás, así que los cinco estábamos solos. Aunque Chloe estaba en silencio, estaba escuchando ávidamente.

"¿Deseas ocultar una aventura con dos hombres viniendo aquí?"

La boca de Mary se abrió. "¿Qué? ¡No!"

La Srta. Rose frunció los labios. "Explica".

La comisura de mi boca se elevó cuando ella usó mi palabra exacta de unos minutos antes. Éramos muy parecidos, no usábamos frases largas cuando una palabra era suficiente. Era un buen presagio para nuestro matrimonio si Mary respondía bien a mis órdenes cortas y rápidas, pues aprendería que Parker y yo estaríamos a cargo. No sólo en el dormitorio—o en cualquier otro lugar donde la folláramos—sino también en su seguridad y bienestar. Como ahora, la Srta. Rose estaba asegurándose de su bienestar. Una buena chica como Mary no traía a dos hombres a un burdel para poder pasar una hora rápida al desnudo.

Mary hizo un relato breve de sus dificultades y la Srta. Rose la escuchó atentamente.

"Fue una decisión inteligente, porque el Sr. Benson ha sido expulsado y sabe que no puede entrar aquí. En cuanto a tu padre, a él le gusta que las damas acudan a él", contestó la Srta. Rose y vi a Mary retorcerse ante la desagradable mención de su padre. "Tú eres bienvenida aquí".

Mary sonrió y se volvió hacia las escaleras.

"Espera", dijo la Srta. Rose, levantando la mano. Mary se volvió, esperando ansiosamente.

"Caballeros, ¿cuáles son sus intenciones hacia esta mujer? Asumo que no son idiotas, por lo tanto, saben que ella no es una puta".

"No, señora, no lo es", le dije. "Pretendemos casarnos con ella".

Chloe y la Srta. Rose dijeron al mismo tiempo: "¿Con los dos?"

La Srta. Rose no estaba aturdida en lo más mínimo, mientras que Chloe lucía como si nunca antes hubiese escuchado sobre un trío. En su profesión, no había mucho que ella no hubiera visto, estaba seguro.

"¿Con los dos?", repitió Mary.

"Sí, con los dos. Te lo dijimos en la estación de tren", añadí.

Mary frunció el ceño. "Dijiste que serías mi esposo temporal, eso es todo".

Negué con la cabeza lentamente. "Dijimos que cuidaríamos de ti, que te protegeríamos. Eso significa matrimonio. Como dijo la Srta. Rose, eres una buena chica y seguirás así hasta que nos casemos. Entonces te enseñaremos a ser una chica mala". No pude evitar sonreír por todas las cosas malvadas que le mostraríamos. Y a ella le encantarían todas.

Su boca se abrió con asombro.

"¿Estos hombres?", preguntó Chloe. Ella le dio una palmadita a Mary en el hombro. "No te preocupes, cariño.

Son tan guapos como pueden. Estos dos harán que sea bueno para ti. Créeme, te van a gustar dos hombres a la vez".

Ella se rio y Mary se sonrojó aún más.

"Ustedes deben ser de Bridgewater", supuso la Srta. Rose, mirando entre nosotros dos.

Asentí. Aunque no hicimos públicas nuestras costumbres, no me sorprendió que la Srta. Rose lo supiera. Ella tenía secretos probablemente mejores que los de los sacerdotes de la Iglesia Católica y no temía que cambiara sus costumbres ahora. Seguramente tenía más... confidencias tentadoras que una mujer casada con dos hombres que eran fieles y cariñosos.

"Entonces lo apruebo", añadió con un asentimiento decisivo.

Mary finalmente alzó su voz. "Srta. Rose, ¡no querrá decir que cree que casarse con *dos* hombres es una buena idea!"

"Sí lo creo", contestó ella. "Estos son momentos difíciles y Butte es un pueblo duro. Es difícil ser mujer por aquí. Incluso con tu dinero, nunca fuiste feliz. ¿Por qué otra razón vendrías aquí? Estos hombres te quieren. Los dos. Algunas mujeres sueñan con que un hombre las proteja, pero tú tienes la buena fortuna de tener dos".

Mary se acercó a la señorita Rose y le susurró: "Pero... *dos*. Nunca he visto... No sé qué hacer con dos".

La mujer mayor sonrió. "No te preocupes. No tengo ninguna duda de que ellos sí".

4

ULLY

Sí, desde luego que sí sabíamos.

"Pero—"

La Srta. Rose levantó la mano. "Si quieres pasar la noche aquí con estos hombres, te *casarás* primero".

Su ultimátum me complació inmensamente. Eso pondría nuestro anillo en su dedo para poder protegerla completamente de Benson y de su padre. No podíamos hacer nada hasta que ella nos perteneciera legalmente y yo no empañaría su virtud esperando nada menos.

"Pero... todas las chicas. "¡Ninguna de ellas se casa con los hombres que toman arriba!" La voz de Mary se elevó mientras se molestaba. "¿Por qué yo?"

"¿Eres una puta?", preguntó la Srta. Rose sin vacilar.

Mary apartó la mirada. "No", susurró.

"Entonces te casarás. No permitiré que aceptes nada menos. Si tu madre estuviera viva, estaría de acuerdo".

La idea de Mary sola con su padre, de sus planes despiadados para ella, me puso aún más ansioso porque se llevara a cabo este matrimonio.

Mary nos miró a los dos. "Yo... apenas acabo de conocerlos hoy", admitió. "¿Cómo pueden estar tan seguros de esto?"

Me moví para pararme directamente frente a ella. Si respirara profundo, sus senos tocarían mi pecho. Pasé mis nudillos por su suave mejilla. Sus ojos se cerraron e inclinó su cabeza con el tacto.

Ella nos quería; era demasiado inocente para entender lo que estaba sintiendo. Fue abrumador y rápido, pero era lo *correcto*.

"Conoces a Benson desde hace mucho tiempo. El tiempo de haberse conocido no garantiza que vaya a funcionar".

Chloe le dio una palmadita en el brazo. "Es verdad, cariño. A veces sólo tienes una conexión. Cuando la tienes, agarra al hombre—o a los hombres—y no lo dejes ir nunca".

Mary no parecía muy convencida, pero me sorprendió cuando inclinó la barbilla hacia arriba, miró a Parker y luego a mí.

"No me casaré con un hombre... u hombres que engañen. Visitar a Chloe aquí durante el año pasado me ha abierto los ojos al número de hombres casados—hombres que conozco incluso de la iglesia—que son mujeriegos. No puedo soportar eso". Cruzó los brazos sobre su pecho y miró fijamente a la Srta. Rose. "No puedes obligarme a casarme con ellos si ese es el caso".

Ella era inflexible y feroz con su opinión y aunque debería haberme ofendido por sus suposiciones negativas de nuestro honor, la respetaba por eso. La Srta. Rose no podía discutir; claramente, ella sólo quería lo mejor para Mary y eso no era un esposo mujeriego.

"Mary". Parker se puso la mano en el pecho, directamente

sobre su corazón. "Eres nuestra. A pesar de que vas a estar casada legalmente con Sully, también serás mi esposa. No querré a nadie más. Juro que seré fiel".

"Y yo también", agregué.

Mary inclinó su cabeza hacia mí. Su mente estaba trabajando, debatiendo, considerando.

La Srta. Rose nos miró a nosotros y luego a Mary, esperando.

Los ojos de Mary no tenían confusión, ni miedo, solamente determinación al considerar nuestras promesas. Estas palabras eran más importantes que la ceremonia de matrimonio que estaba por venir.

"De acuerdo". Asintió con la cabeza, como si necesitara ese gesto para acompañar las palabras. Para mí, su declaración fue suficiente. "No podemos ir a la iglesia. Mi padre lo sabrá".

La Srta. Rose movió su mano por el aire. "Puede que tu padre sea poderoso en este pueblo, pero yo tengo conexiones". Inclinó su barbilla hacia la puerta de la sala de estar. "Ahí afuera está el juez Rathbone. No tengo duda de que estará encantado de llevar a cabo sus nupcias".

Por la forma en que la Srta. Rose mencionó lo último, asumí que ella *haría* que el juez participara.

Chloe salió corriendo de la cocina, mucho más ansiosa por esta boda que la novia.

El juez no tardó mucho en aparecer, siendo arrastrado por Chloe en contra de su voluntad. Para ser tan pequeña, era bastante fuerte. El juez tenía unos cincuenta años y tenía cabello gris, sobrepeso y piernas cortas y rechonchas. Le faltaba la chaqueta de su traje y su corbata estaba torcida, como si hubiera estado ocupado antes de que lo sacaran de donde estaba. Nos miró a los tres y sus ojos se abrieron de par en par al ver a Mary.

"Srta. Millard", dijo, sus palabras llenas de sorpresa.

La Novia Robada

"Estoy seguro de que esta pequeña ceremonia será algo que todos olvidaremos, ¿no es así, Juez?", preguntó la Srta. Rose, su voz dulce como la miel. "¿No está su esposa en las Damas Auxiliares con la Srta. Millard?"

La papada del juez se tambaleó mientras asentía.

"Entonces estoy seguro de que la Srta. Millard y estos hombres mantendrán en secreto no sólo su presencia en The Briar Rose, sino las cosas que usted ha hecho esta noche con Elise".

Los ojos del juez se ensancharon más ligeramente. Tragó saliva, pensando en las repercusiones. Llevando los hombros hacia atrás y adoptando una postura más parecida a la de un juez, dijo: "¿Quién es el novio?"

Di un paso adelante y tomé posición al lado de Mary. "Yo lo soy".

Apenas esta mañana no tenía ni idea de que me iba a casar. Pero aquí estaba, con Parker a mi lado. Estábamos entregando nuestras vidas a esta mujer y no había vuelta atrás. Miré a Mary; se veía tranquila y... hermosa. Su cabello rubio todavía estaba ordenado con una pinza, su vestido impecable y su sombrero todavía en el ángulo perfecto. No se veía para nada afectada por las últimas dos horas, completamente decidida. Yo también lo estaba.

"Bien", dijo el juez, mirando a Parker. "Trajiste un testigo".

Yo no iba a aclarar que él era mucho más que un testigo, pues no quería que todos nuestros secretos fueran compartidos. Estaba seguro de que el hombre no iba a hablar de la boda secreta de la heredera Millard, ya que lo que sea que hiciera con Elise tenía que ser bastante libertino para asegurarlo. Pero eso no significaba que deseaba que él tuviera algo que sostener sobre nosotros.

El juez me miró. "Si bien conozco a la Srta. Millard, por favor diga su nombre".

"Adam Sullivan".

Los ojos del hombre se abrieron de par en par y tragó visiblemente. "¿Adam...Sullivan?" El juez prácticamente chirrió lo último y dio un pequeño paso hacia atrás. Mary me miró, un ceño arrugando su suave frente. Era obvio que ella no me conocía a mí ni sabía lo que había hecho. "¿La hija de Gregory Millard se casa con el Tirador Sullivan?"

Di un paso hacia el juez y el hombre mayor se acobardó. Sí, me conocía bien. "¿Hay algún problema, Juez?"

El juez agitó la cabeza tan fuerte que sus labios temblaron.

Las cejas de la Srta. Rose se elevaron y luego se rio. "Esto es... excelente".

Mary frunció el ceño. "¿Qué? No entiendo. ¿Todos se conocen?"

"Tu futuro esposo es muy famoso por aquí. Un criminal, dicen algunos", le dijo la Srta. Rose a Mary. Su mirada sagaz se volvió hacia mí. "¿A cuántos de tus propios hombres mataste?"

No parecía horrorizada por mi pasado peligroso, sino muy divertida.

"Cuatro", contesté, retrocediendo e inmediatamente agarrándole el codo a Mary.

Ella intentó apartarse, pero yo no lo permitiría. Sin los detalles, mis acciones sonaban horribles, y sólo podía imaginar lo que ella estaba imaginando.

Yo había sido parte de la Caballería de los Estados Unidos y algunos de los hombres se habían vuelto corruptos, tomando las relaciones con los indios con sus propias manos. Cuando me encontré con los hombres que violaban y mataban en un campamento indio, defendí a los inocentes. Disparé a los cuatro hombres antes de que pudieran hacer más daño. No eran hombres del ejército, eran bastardos que se aprovechaban de los débiles. Estaban enfermos de la cabeza y los mataría de nuevo.

Antes de la investigación, me habían pintado como el enemigo, en lugar de los hombres que habían hecho cosas tan horribles. Al final, me absolvieron, pero me dieron de baja del servicio. Me consideraban un peligro. Después de eso, la historia de lo que hice se extendió y cambió, convirtiéndome en una bestia agresiva de hombre, matando a cualquier cosa y a cualquier persona que me enfureciera.

Por ejemplo, el miedo del juez, porque creía en los cuentos. En este caso, me alegré de que el hombre tuviera tanto miedo, pues tenía mucho más en juego—al menos lo suponía—de que su esposa descubriera su infidelidad.

No me importaban las historias o la leyenda en la que me había convertido. Quería una vida tranquila, una vida sencilla. Y la tendría, si pudiéramos hacer que el juez se pusiera manos a la obra. Pero los temores de Mary necesitaban ser disipados. No quiero que me tenga miedo.

Bajé la mirada a mi temerosa novia, traté de suavizar mi voz. "Hay mucho que contarte, y ahora no es el momento con tanto público. Pero esos cuatro hombres estaban lastimando, matando a gente inocente. Yo los detuve. En cuanto a ti, nunca tienes que temerme. *Nunca.* ¿No es cierto, Srta. Rose?"

Mantuve mis ojos en Mary, no quería que pensara que estaba escondiendo algo. Contuve la respiración, porque sabía que mi pasado seguía volviendo a ocupar un primer plano y era una molestia. Alejar a Mary de mí por esto era algo totalmente diferente.

La Srta. Rose asintió. "Así es, muñeca. Si Sullivan es tu esposo, no tendrás que volver a preocuparte por tu padre. Ni por nadie. Estás a salvo con él. ¿Verdad, Juez?"

Mary ya no tendría que preocuparse por su padre porque el hombre tendría demasiado miedo de mí para hacerle daño a ella. Si alguien se atrevía a lastimarla, era nuestro trabajo y nuestro privilegio, hacerla feliz.

El juez cerró la boca, que había estado colgando abierta, y asintió. "Así es. El Sr. Sullivan sabe cómo protegerte".

Mary se mordió el labio, examinando. Su cara era tan expresiva. Aunque no podía ver miedo en su mirada pálida, estaba confundida y nerviosa. Ambas cosas podrían resolverse muy pronto. Sólo tenía que aceptar mi palabra. Aceptarme, tal y como era. Yo era un hombre paciente, pero era difícil esperar la decisión de Mary. Sólo cuando terminara la ceremonia y la tuviéramos a solas, descubriría lo devotos que éramos.

Respirando profundo, Mary asintió. "Está bien".

Mierda, qué alivio. Haber sido rechazado por la mujer a la que prometí proteger habría sido devastador. Ella creyó en mí, lo suficiente para casarse conmigo. No pude evitar sonreír. Le solté el brazo y le acaricié una vez más la mejilla con los nudillos.

"Buena chica", murmuré, y sonrió, sus mejillas tornándose rosadas ante el elogio.

El juez comenzó la ceremonia, pronunció rápidamente las palabras que conocía de memoria. Esta sería una ceremonia muy corta. El juez quería que terminara. Yo quería que terminara. Estaba seguro de que Parker también había estado nervioso allí durante un tiempo. Seguramente, también quería a Mary tan pronto como fuera posible.

Estaba tan hermosa, tan segura de sí misma, de pie a mi lado. Aceptó su destino, aceptó que esto era lo mejor para ella, que nosotros éramos lo mejor para ella. Estaba tan orgulloso de ella, tan asombrado de su fortaleza.

Cuando se dijeron los votos, me incliné y la besé, casta y rápidamente, pero no sin antes sentir la suavidad de sus labios o escuchar el pequeño jadeo que se escapó. Mary había cerrado los ojos y cuando los abrió, estaban nublados por una nueva pasión. Fue un momento embriagador, saber que yo la había hecho lucir así. Sólo podía imaginar cómo se vería cuando la besara de *verdad*.

"Gracias, Juez". La Srta. Rose le dio una palmada al hombre en el brazo en un gesto de aplacamiento. Parecía aliviado de que esto hubiera terminado y sacó un pañuelo de su bolsillo y se limpió la frente sudorosa. "Por favor, dile a Elise que tus tragos de esta noche son mi regalo".

El hombre no se demoró más, sino que huyó por la cocina a un ritmo que contradecía su tamaño.

La Srta. Rose sonrió. "Felicitaciones, Mary. Puede que no me creas, pero tienes un buen esposo. Dos buenos esposos. Todos los hombres de Bridgewater son honorables. Leales. Amorosos".

Mary asintió, pero no tenía base para ofrecer una respuesta. Además, parecía un poco abrumada. El trato estaba hecho. Era legal. Ahora me pertenecía a mí. Y a Parker.

"Sube por esas escaleras, la segunda habitación a la izquierda". La Srta. Rose señaló hacia arriba. "Creo, caballeros, que la encontrarán adecuada para esta noche".

La Srta. Rose tomó la mano de Mary y le dio un rápido apretón de manos para tranquilizarla, antes de seguir el paso del juez, arrastrando a Chloe con ella, quien guiñó un ojo justo antes de que la puerta se cerrara detrás de ella.

"A solas con nuestra novia en un burdel de Butte", dije, la comisura de la boca elevándose.

Parker se rio, tomó la mano de Mary. Estaba seguro de que él se sentía tan aliviado como yo, sabiendo que ella era nuestra. Oficialmente, legalmente, permanentemente. "¿Qué deberíamos hacer?"

5

ARY

En cada visita a The Briar Rose me había quedado atónita, divertida, incluso asombrada por lo que había presenciado, pero ahora tenía un poco de miedo. Me había sentido separada de todo, en una habitación separada, escondida y mirando. Una voyerista. Por lo que dijo Chloe, yo era alguien a quien le gustaba observar a otros en situaciones muy comprometidas. Era excitante. A veces no. Pero cuando una pareja hacía cosas que eran intrigantes, mi piel se calentaba, mis pezones se tensaban y mi vagina se mojaba. Soñaba con ello. Anhelaba tenerlo para mí. Pero todo eso había sido una fantasía.

Ahora...ahora tenía dos esposos que me miraban con una impaciencia que reconocía. Por primera vez, ese deseo estaba dirigido directamente a mí. Mirar era una cosa, pero *hacer*... Tenía miedo de lo que pensaban de mi curiosidad y de que les pareciera que me faltaba algo o que era desaliñada.

Quizás ambas cosas, porque yo había traído a estos hombres a un burdel. Ese fue mi primer pensamiento, el primer lugar en el que sabía que ni mi padre ni el Sr. Benson considerarían buscarnos. Mi padre nunca supo que yo había estado en el establecimiento como auxiliar y nunca imaginó que iría voluntariamente. No había considerado las implicaciones de mi rápida decisión—obviamente, ya que ahora estaba casada y tenía dos esposos ansiosos que querían consumar el matrimonio.

Me negué a mirarlos a los ojos, con miedo de ver vergüenza en sus rostros.

"Sr. Sullivan—"

Con un dedo me inclinó la barbilla hacia arriba, así que me vi obligada a ver sus ojos oscuros, el calor que vi en ellos fue una sorpresa. Era tan guapo. Tan alto, su cabello oscuro y rebelde y estaba ansiosa por pasar mis dedos a través de este.

"Como soy tu esposo, creo que puedes llamarme Sully".

"Sully", repetí.

"Tampoco más Sr. Corbin. Soy Parker para ti". Su voz fue suave, tierna incluso.

"Lo que ustedes dos deben pensar de mí". Sentí que mis mejillas se calentaban.

Parker frunció el ceño. "¿Pensar de ti?"

Me retorcí las manos y traté de apartar la mirada, pero Sully no lo permitió. Me vi obligada a mirarlo a los ojos mientras admitía mis defectos.

Mi corazón palpitaba, mi descaro original se había ido. "¡Vamos a pasar nuestra noche de bodas en un burdel!"

"Tú acabas de descubrir que yo maté a cuatro personas. Tengo que preguntarme qué piensas de mí", admitió Sully, dejándome ir.

Lo miré. *Realmente* lo miré. Aunque era impresionantemente guapo, también era muy grande y físicamente fuerte. Yo no tenía defensa si él quisiera hacerme daño. En el tren—¿había sido eso hace solo unas horas? —él había estado callado, pero solícito. Había sido amable al guiarme hasta el vagón restaurante, atento en la conversación y atento a cualquier daño que pudiera ocurrirme. Me sentí segura con él. Descubrir que había matado a hombres mientras defendía a los débiles no había sido tan sorprendente como esperaba. Si alguien hubiera tenido la intención de hacerme daño mientras viajábamos, sin duda Sully me habría defendido en cualquier medida necesaria. Para él, hacer justicia final a los que lo merecían era parte de su personalidad.

"La Srta. Rose piensa muy bien de ti. Confío en su juicio", respondí.

Su frente oscura se levantó. "¿Su juicio es suficiente?"

"Apenas nos conocemos y tengo que confiar en mis amigos para que me guíen. Tú tienes a Parker. Estoy segura de que tienes mayores defectos que proteger a los que están en peligro".

Sus oscuras cejas se elevaron aún más en sorpresa.

Junté mis manos, las retorcí. "Mi padre. Él va a la iglesia, es millonario, dueño de su negocio. Un pilar de la comunidad. Me iba a casar con el Sr. Benson a cambio de un acuerdo con sus minas. Luego está el Sr. Benson. Él vino aquí". Señalé al piso para indicar el burdel. "Él... lastimó a una chica usando un látigo. ¡Un látigo! E hizo otras cosas. Cosas que sabía que querría hacer conmigo. O, o no haría nada conmigo. Sólo dejarme embarazada—un niño, por supuesto —y luego ignorarme. Si no le daba un niño, siempre estaría preocupada por morir como sus anteriores esposas. Así que estar con alguien que ha matado no es el problema, sino la motivación detrás de ello".

"¿Entonces elegiste la única alternativa disponible?", preguntó Parker.

Entrecerré los ojos. "Sólo les pedí ayuda temporal.

Ustedes dos fueron los que no estuvieron de acuerdo con eso. Sully fue quien dijo que se casaría conmigo. Y ahora, ahora dices que también estoy casada contigo".

Parker sonrió. "Es correcto. El juez puede haberte unido legalmente con Sully, pero mi voto de antes se mantiene. Soy tuyo tanto como tú eres mía".

Sully asintió. "Tú *eres* la indicada para nosotros".

Fruncí el ceño. "No sé cómo pueden ser tan firmes".

Parker puso su mano en mi hombro y lo miré. "A veces simplemente lo sabes". Se puso la mano en el pecho. "Aquí".

Entendí lo que quería decir, porque mi corazón había saltado al ver por primera vez a Parker cuando se puso de pie para relevar al portero con mi maleta. Hizo que se me humedecieran las palmas de las manos y me puse nerviosa al instante. Luego vi a Sully y prácticamente me tragué la lengua. Que ambos hombres tuvieran tanto interés en mí durante todo el viaje hacia Butte había sido sorprendente y confuso, pero me había deleitado con ello. Una vez que me calmé a mí misma. ¿Qué mujer no se desmayaría ante la idea de que dos hombres concentren sus atenciones en ella?

Nunca me había sentido tan atraída por un hombre, por dos hombres, nunca. Ver a los hombres y a las putas reunirse en el burdel me había excitado, pero ninguno me había hecho sentir celosa de una de mis amigas. Sabía que quería hacer esas cosas con alguien, pero no sabía con quién. Hasta ahora.

"Pero... ¿pero los dos? ¿Cómo funciona un matrimonio con dos hombres?"

Parker se acercó y me atrajo a sus brazos. Su cuerpo era duro con músculo y podía sentir el latido de su corazón bajo mi mano. Firme y consistente, tal vez un poco como el mismo hombre.

"Es la costumbre de Bridgewater. Conocimos a algunos de los hombres de allí en el ejército y todos siguieron la costumbre de compartir una novia. Si algo le pasa a uno de nosotros, cariño, aún estarás a salvo, protegida por el otro. Ahora eres el centro de nuestro mundo".

Parker le cedió su lugar a Sully y este me abrazó a mí. La sensación de él era diferente. Ambos eran altos, bien formados con músculo sólido, pero el agarre de Parker era más suave, mientras que en los brazos de Sully me sentía protegida. Olían diferente y distintivamente. Me gustaba la forma en que ambos me abrazaban. Estaba contenta de no tener que elegir uno, de no tener que vivir mi vida sin conocerlos a los dos.

Sólo pude asentir con la cabeza, ya que no comprendía completamente este acuerdo y mis sentimientos al respecto. Esto era tan abrumador, tan confuso. Tan... ¡loco!

"En cuanto a lo demás, a pesar de que eres virgen, no eres completamente inocente", dijo Sully.

Me quedé inmóvil en sus brazos.

"¿Te preguntaste qué pensábamos de ti por traernos a un burdel?", preguntó Parker.

"Las cosas que le dije a mi padre—"

"¿Como estar arriba mientras follabas o ser tomada desde atrás?", añadió Sully. "No se nos ha olvidado".

Me mordí el labio y froté mi mejilla contra el pecho de Sully mientras Parker sonreía. *¡Sonreía!*

"Tenía que decir *algo*".

"Fue una sabia elección. Venir aquí fue una sabia elección. Estamos a salvo y podemos pasar la noche de bodas cuidando de ti, sin preocuparnos por tu padre o Benson. Preferiría no dormir con mi arma esta noche. Este es el lugar perfecto para hacerte nuestra".

Me congelé en los brazos de Sully. "¿Ahora?" Chillé.

Parker se colocó detrás de mí, se acercó para que yo sintiera su calor corporal, pero no lo suficiente como para tocar. Sus manos revoloteaban sobre mis brazos y me anticipé a su agarre, contuve la respiración por ello.

Estaba ansiosa por sentir a Sully a un lado y a Parker en el otro.

"Esta noche, sí", contestó Parker, murmurando en mi oído. Un escalofrío bajó por mi espina dorsal al sentirlo caliente en mi cuello. "Pero no somos bestias. Te tomaremos sólo cuando estés lista".

"Pero... pero, ¿y si no estoy lista?" Susurré, agarrándome a la tela de la camisa de Sully.

Sully inclinó mi barbilla hacia atrás y se inclinó para besarme.

"Nuestro trabajo es ponerte así", murmuró, a un centímetro de mi boca.

Mis ojos se cerraron al segundo beso de mi vida. Fue tan suave como el que selló nuestra ceremonia de matrimonio, pero este era... más. Sus labios rozaron los míos, mordisqueando y saboreando de rincón en rincón, luego su lengua pasó por encima de mi labio inferior. Jadeé y él se aprovechó y metió la lengua adentro.

Las manos de Sully me cubrieron la mandíbula y me inclinó la cabeza para poder besarme como él quería. Lento no significaba nada menos placentero, pues me sentía como si me estuviera conociendo, descubriendo lo que me gustaba, lo que me hacía hacer pequeños sonidos en la parte posterior de la garganta.

Las manos de Parker finalmente me tocaron, deslizándose por mis brazos hacia arriba y hacia abajo, y luego hacia mi cintura. Con él presionado contra mí, sentí cada centímetro duro de su ancho pecho, sentí la presión de su pene contra mi espalda.

Estaba contenta por su agarre en mi cintura, pues seguramente me habría derretido en el suelo.

"Mi turno". Las palabras de Parker irrumpieron en mi cerebro nublado y antes de que pudiera hacer algo más que jadear, estaba dando vueltas y la boca de Parker estaba en la mía. Oh, era un buen besador. Completamente diferente a Sully, pero igual de excitante. Cuando su lengua se sumió en mi boca, sabía a menta.

Parker gruñó; sentí su estruendo contra mis palmas. ¿Cuándo puse mis manos en su pecho?

Con un último mordisco a mi labio inferior, Parker levantó la cabeza y retrocedió. Mis ojos se abrieron de par en par y me sacudí, extrañando sus tactos, las sensaciones de ellos. Sus olores se mezclaban y me provocaban a mí. *Ellos* me provocaban y ahora quería más, tal y como dijeron que haría. Si besaban así, ya no estaba tan escéptica sobre la idea de tener dos esposos. Si así era como me hacían sentir con simples besos... Sólo podía imaginarme lo que podían hacer sin nuestra ropa.

"Estarás lista", dijo Sully, su voz más grave de lo normal. Él tampoco estaba indiferente, ya que se acomodó y yo no podía dejar de ver el grueso contorno de su pene contra sus pantalones.

"Um... Ya veo". No se me ocurrió nada más que decir, porque creía que tenía razón. Mis pensamientos estaban confundidos, mi cuerpo caliente y perdido, mis pezones duros y ansiosos. Yo ya los quería, mis dedos deseosos de tocarlos, de conocer cada centímetro duro de ellos.

Parker se acercó enfrente de mí y se pararon uno al lado del otro. De tamaño similar, uno rubio y el otro moreno. Ambos eran de constitución gruesa, con músculos que no podían perderse de vista debajo de la ropa. Tan atractivos, tan guapos y tan míos.

"Chloe parece una amiga amable", comentó Parker. "¿Qué te enseñó?"

Fruncí el ceño. "¿Enseñarme?"

"¿Has venido aquí varias veces?", preguntó Sully.

Asentí.

"¿Te llevó arriba?", añadió Parker.

Me lamí los labios. "Sí".

"¿Te besó como lo hizo Sully? ¿Te desvistió? ¿Te tocó?"

Jadeé ante la espantosa pregunta. "¿Qué?" Negué con la cabeza. "No, por supuesto que no. Eso es—"

"¿No es para ti?", contestó Sully.

"Yo... no lo sabía. Quiero decir, nunca pensé..."

"Entonces no estás interesada en hacer el amor con otra mujer".

Mis ojos se abrieron de par en par ante las palabras de Parker. "Soy virgen", dije, inclinando la barbilla hacia arriba. No quería que cuestionaran eso.

Sully sonrió. "Eso es bueno, cariño, pero puedes encontrar placer sin perder tu virginidad. Y con una mujer".

Pensé en todo lo que presencié a través de las mirillas secretas y nunca habían sido dos mujeres juntas. Eso nunca se me había ocurrido.

"Oh", contesté, mordiéndome el labio. "Te preguntas qué aprendí viendo, además de mi vocabulario crudo".

Parker extendió la mano y sacó el alfiler de mi sombrero, lo quitó de mi cabeza. Detrás de él, lo puso distraídamente sobre la mesa junto a un tazón de repollo.

"¿Viste a personas follar?", preguntó.

Mis mejillas ardían y levanté las manos hacia ellos. Esa palabra... follar, era usada por Chloe y todos en The Briar Rose de una manera tan indiferente que me había vuelto inmune. Pero cuando Parker lo usó en una pregunta dirigida a mí, me sentí avergonzada instantáneamente.

Mi falta de respuesta fue suficiente. Ambos hombres miraron a su alrededor.

"No podías haber salido a las habitaciones principales", dijo Parker.

"Por supuesto que no", balbuceé. Además de ser indecoroso, mi virtud habría estado destrozada y la noticia de mi presencia se habría extendido por la ciudad como un reguero de pólvora. Era aceptable que un hombre—incluso uno casado—buscara a una mujer para una noche de pasión, pero no se podía decir lo mismo de una mujer interesada en las atenciones de un hombre. Especialmente la heredera Millard.

"¿Dónde observaste?", preguntó Sully, su voz más grave de lo que la había escuchado antes. Comandante.

Obligada a responder, señalé a la pared donde colgaba una horrible pintura de un tazón de fruta.

Sully bordeó la mesa y levantó la obra de arte de la pared para revelar un pequeño agujero. Se dobló hacia abajo—fue creado para intrusos mucho más bajos—y puso su ojo encima. Sólo podía imaginar lo que estaba viendo en la sala. Después de un minuto, se puso de pie y se apartó, dejando que Parker echara un vistazo. Gruñó ante lo que sea que estuviera pasando.

Se volvió del agujero y me miró con una sonrisa perversa. "¿Tenías curiosidad por lo que viste? Suficiente para volver más de una vez. Admítelo, cariño. No hay vergüenza".

"Sí". Podría mentir, pero no tendría sentido.

"¿Tienes curiosidad suficiente por probar las cosas que viste, ahora que estás casada?"

Me di la vuelta, caminé por la habitación, vi que el repollo estaba hirviendo demasiado y ajusté la llama debajo.

"Mary", dijo Parker, mi retraso obvio.

Me paré y me giré hacia ellos, mi valor sacando lo mejor de mí. "No sé cómo responder. De cualquier manera, pensarán mal de mí".

Sully se acercó a la mesa, empujando una de las sillas mientras avanzaba. "¿Cómo es eso?"

Levanté las manos, las dejé caer. "Si te digo que tengo curiosidad, que me gustó lo que vi, entonces pensarás que soy una mujer suelta. Si te digo que no me gusta nada de esto, pensarás que soy frígida".

Sully cerró la distancia que quedaba entre nosotros y me atrajo para darme otro abrazo. Sentí su mentón descansar sobre mi cabeza, sentí su respiración profunda. No tenía ni idea de que un hombre tan intenso fuera a ser tan consentidor. Se sentía bien ser abrazada, que me ofrecieran seguridad y consuelo con un simple gesto.

"Tú *no* eres frígida", contestó. "Eres vigorosa y fogosa y ese beso... no me pareció frío".

Es verdad, fue cualquier cosa menos frío.

"Anda a ver lo que está pasando en la otra habitación", dijo Sully. Me apretó una vez y luego me dejó ir.

Respirando profundo, fui a la mirilla. Sabía que daba hacia la pequeña habitación al lado del salón, iluminada por lámparas y un montón de terciopelo rojo que la hacía atrevida. Cómodamente acostado de espaldas en el sofá había un hombre; una rodilla estaba doblada y un pie descansaba en el suelo junto a los calzoncillos arrugados de una mujer. No pude ver su cara porque Amelia estaba sentada encima. ¡Justo encima! Sus senos salían de su corsé y sus pezones estaban expuestos. Su cabeza estaba hacia atrás, sus ojos cerrados y sus labios abiertos mientras el hombre ponía su boca sobre ella... allí. La agarró de las caderas y la sostuvo en su lugar para poder lamerle la vagina.

Jadeé. Esto no era algo que hubiera visto antes.

"Me gustaría hacerte eso a ti", murmuró Parker. Se paró justo detrás de mí—no lo había oído acercarse—y me quedé inmóvil, apartando mi ojo del agujero. Con sus palmas a cada lado de mi cabeza, no me iba a ir a ninguna parte. Sentí su pene contra la parte baja de mi espalda, duro y grueso.

"Sigue observando. Quiero que te sientes en mi cara así para poder comerme tu vagina. Quiero conocer tu sabor, tragarme cada pedacito de tu crema. Quiero hacerte gritar de placer".

Me dolía la vagina mientras apreciaba la vista carnal. El

hombre era hábil en su tarea, pues mientras él sostenía firmemente las caderas de ella con sus manos, ella se ondulaba sobre él, gritando con abandono.

"Te bajaré el corsé para poder chupar un pezón y luego el otro mientras Parker usa su lengua en tu pequeño clítoris". Sully se acercó a mí y me susurró en el otro oído.

Hablaron mientras yo seguía observando cómo el hombre movía a Amelia hacia adelante, sus manos agarrándose a la parte posterior del sofá para apoyarse, sus muslos temblando. Chloe había dicho que a veces fingía divertirse; Amelia definitivamente no estaba actuando.

"Tus mejillas están sonrojadas, tu respiración es rápida. Quieres que te toquemos así", dijo Parker.

Una mano me acarició la espalda. No estaba segura de quién era la mano, pero cambió la experiencia de ver a una pareja en una unión tan carnal. Yo también podía *sentir* lo que estaba viendo. Una mano tiró de mi vestido largo, hasta arriba hasta que sentí que los dedos rozaban mis medias, y luego jugaron con el borde estas, tocando mi muslo desnudo.

Jadeé, no sólo por el tacto, sino porque la mujer gritó su placer en ese momento. Mi vagina anhelaba su propio placer.

La puerta de la cocina se abrió y el dobladillo de mi vestido cayó al suelo. Sully se volvió y miró a la persona, protegiéndome. Parker se retiró. Entré en pánico, me di la vuelta, mi espalda presionada contra la pared y miré a Parker. Me sentí como un niño comiendo un trozo de pastel de cumpleaños antes de la fiesta. En vez de regañarme, me sonrió y luego me guiñó un ojo. Cómo solo una sonrisa aliviaba mi tensión, no tenía ni idea.

La persona debe haberse dado cuenta de que había interrumpido algo, porque sus pasos se retiraron.

"Tal vez no deberíamos follarte en la mesa con un tazón de repollo a tu lado", comentó Parker. "¿Deberíamos ir arriba?"

Sully se giró, así que estaba otra vez entre los dos, un lugar en el que ellos parecían disfrutar colocarme. No podía negar mi deseo. Sólo pude asentir con la cabeza porque las sensaciones que me atravesaban sólo podían ser aliviados por estos hombres.

6

ARKER

Cerrando la puerta detrás de mí, giré la cerradura y miré a nuestra novia asustadiza.

"Cuando estamos en el dormitorio, la primera tarea para ti es desnudarte. Esta noche, tendrás una reprimenda".

Cuando los ojos de Mary se abrieron de par en par, y luego su boca se abrió para responder, levanté mi mano para mantenerla callada.

"Aún no estás lista y, lo que es más importante, queremos desnudarte nosotros mismos".

"Así es. Eres como un regalo de Navidad en agosto", dijo Sully, rodeando a Mary como si fuera una presa. Era sólo cuestión de tiempo antes de que se la comiera. "Estoy deseando saber qué hay debajo del envoltorio".

La habitación estaba decorada con una gran cama de cuatro pilares, bastante elaborada para ser un burdel. Había una silla de felpa en la esquina con un reposapiés de terciopelo delante de este. La única ventana tenía cortinas de relieve, pero el vidrio estaba protegido por un segundo juego de cortinas, estas cerradas. Todo era de un rojo intenso. Decadente y exótico.

También sabía por qué la Srta. Rose ofreció esta habitación. No era una de las habitaciones privadas de las chicas cedidas. Era para invitados especiales que pagaban bien para pasar la noche en tal decadencia. También era para invitados especiales a quienes les gustaba que sus mujeres estuvieran atadas a los postes de la cama o colocadas a cuatro patas en el reposapiés, ya fuera para un azote o para follar dos veces. Tal vez ambas cosas. Tendría que darle las gracias a la Srta. Rose en la mañana.

"¿Hay mirillas en esta habitación?", preguntó Sully a Mary.

Miró a su alrededor, pero se encogió de hombros. "No lo sé. Nunca antes había estado aquí".

Sully se acercó por detrás de ella, deslizó sus manos alrededor de su cintura y las subió para cubrir sus senos grandes. "¿Alguien podría estar observándonos ahora mismo? ¿Ver mis manos sobre ti?"

Se puso rígida y trató de alejarse, pero su acción sólo empujó sus senos más completamente hacia las manos de él.

"Shh", susurró. "Verán a una hermosa mujer con sus hombros".

La mantuvo quieta un minuto más, haciéndole saber quién estaba a cargo.

Moviendo sus manos hasta la parte superior del vestido de ella, comenzó a soltar los botones uno por uno. "*Nosotros queremos verte*".

Me senté en la cama, vi cómo aparecían sus delicadas clavículas, la parte superior de sus senos, el fino corsé. Sully fue rápido y eficiente, quitándole las mangas de los brazos, y luego empujando la tela pesada de su vestido sobre sus caderas amontonándolo en el suelo.

Un suspiro escapó de mis labios. "No estás nada menos vestida que antes", murmuré, disgustado con las capas sobre capas de ropa interior que llevaba Mary.

"Esto es lo que una mujer siempre lleva puesto", replicó, mirándose a sí misma.

Sully desabrochó las cintas de sus medias y las empujó hacia abajo para que cayeran encima de su vestido. Luego sus calzoncillos.

Su corsé y su blusa seguían puestos.

Acercándose, Sully aflojó las cuerdas de su corsé, luego las tiró a un lado.

Mary respiró profundo y lo dejó salir. Estaba tan apretado que seguramente su tierna piel estaba marcada. Todo lo que quedaba era su blusa.

Me picaban los dedos para tocarla, pero me contuve. "Cuando te vestimos por la mañana, todo lo que vas a tener es tu blusa debajo del vestido. Nada más".

Parecía más horrorizada ante la idea de que le faltara algo de ropa interior debajo de la ropa que el hecho de que sólo estuviera de pie ante nosotros con solo su blusa. Mis palabras la distrajeron del hecho de que sus senos presionaban tenazmente contra la blusa y sus pezones rosados estaban erectos y claramente definidos. El material era tan delicado que incluso podía ver el vello oscuro que protegía su vagina.

"¡No puedo estar por ahí sin un corsé!", contestó ella, su voz aumentando.

Sully cubrió sus senos en sus manos. Eran grandes para su pequeño cuerpo, un buen puñado. "Mmm", murmuró. "Ofreces una recompensa tan deliciosa. Uno más suelto entonces, que no estropee esta bonita carne".

Me alegró que Sully tuviera los mismos pensamientos. Los senos de Mary eran gotas pesadas y se sentirían incómodos si se los dejara sin atar, pero aun así necesitaba poder respirar.

Sully continuó jugando y vi cómo sus ojos cambiaban de estar en vigilia a excitados, su cabeza cayendo hacia atrás para descansar sobre su hombro. Era incómodo estar sentado, mi pene duro y largo, apretando contra mis pantalones. Abriendo la solapa delantera, lo solté y empecé a acariciarlo.

Una vez que ella estaba bien y verdaderamente perdida por las sensaciones de las manos de Sully sobre ella, él pudo levantar la delgada prenda que separaba su delicioso cuerpo de nuestra vista y arrojarlo, también, al suelo.

Gruñí entonces, viéndola completamente desnuda. Impresionantemente hermosa, y era toda nuestra.

Sus pezones eran de un rosa suave, duros y apuntando directamente hacia mí. Su cintura era estrecha y sus caderas acampanadas, anchas y grandes. No era una niña vagabunda, de piel y huesos, sino de constitución exuberante. Sus piernas eran largas y bien formadas. Entre ellas…

Volví a gruñir al ver esa oscura paja de rizos, los labios rosados que se asomaban por debajo.

"Veamos lo que aprendiste de tus visitas", dije, continuando acariciándome. "¿Qué es esto?"

Esperaba que su excitación disminuyera sus inhibiciones y tuve razón. "Tu pene".

Las manos de Sully la acariciaron suavemente. Por los costados, por el vientre, por la parte exterior de sus muslos.

"¿Y esto?" Sully cubrió su centro.

"Mi… mi vagina".

"Así es. Veamos si puedo hacerte ronronear", murmuró él en su oído mientras le introducía los dedos. Muy pronto, ella estaba montándolos, salvaje y ansiosa por su liberación. No tenía inhibiciones y estaba muy sensible, rápida para responder, rápida para excitarse.

"¿Qué es lo que quieres?" Sully murmuró, su mano enterrada entre sus muslos.

Me gustaba como se veía, su mano oscura, toda desgastada por el trabajo y grande, separando sus cremosos y exuberantes muslos.

"Quiero venirme. Hazme venir", exigió.

"¿Te has venido antes?", preguntó Sully.

Ella asintió, se mordió el labio.

"¿Con tus propios dedos?", añadió.

"Sí, pero no es... no es así".

Entonces sonreí, mientras su voz cambiaba de excitada a desesperada. "No, es mejor con tus hombres. Tendrás que mostrarnos cómo te tocas. Más tarde".

"Ahora", ordenó ella. "Hazme venir ahora".

Retirando sus dedos, Sully le dio una palmadita en la vagina. Ella jadeó y sus ojos se abrieron de par en par.

Negué con la cabeza. "No nos digas qué hacer, cariño. Puede que hayas visto a otras parejas follar. Puede que incluso te hayas tocado y hayas encontrado tu placer, pero ahora nosotros lo controlamos".

"Nosotros decimos cómo", dijo Sully, azotándola una vez más entre sus muslos separados. Sus labios ahí estaban hinchados y rojos, su clítoris asomándose y muy sensible. "Nosotros decimos cuándo".

Sorprendentemente, cuando Sully volvió a golpear su clítoris, se vino, su cuerpo temblando y se le escapó un gemido. Su cuerpo se desplomó en sus brazos y él envolvió una mano alrededor de su cintura para mantenerla erguida. Compartimos una mirada reveladora, luego Sully le dio una palmada en la vagina una vez más mientras ella se retorcía en su agarre, y luego metió sus dedos dentro de ella.

"¡Sí!" gritó, perdida por el placer, poniéndose de puntillas.

Santos cielos, a Mary le gustaba cuando le daban azotes

en la vagina. Se vino sin un pene dentro de ella. Se vino porque le dijimos que la controlábamos ahora.

"Siento su himen" dijo Sully, sacándole los dedos y poniéndolos en los labios de Mary. "Abre".

Ella hizo lo que él le ordenó y Sully deslizó sus dos dedos mojados dentro de la boca de ella.

"Pruébate a ti misma. Eres una putita", murmuró en su oído. "Venirte sin nuestro permiso. Viniéndote porque tu vagina estaba siendo azotada. Ni siquiera te hemos metido nuestros penes y estás tan insaciable".

"¿No es cierto, cariño?", pregunté, acariciando mi pene de nuevo. Mierda, verla tan perdida en el placer, me tenía desesperado por hundirme dentro de ella. "Eres *nuestra* pequeña puta. Sólo para mí y para Sully".

"Tal vez te mostraremos a otros, pero aún no. Nosotros también estamos insaciables".

Estaba jadeando ahora, sus senos subiendo y bajando, sus pezones suavizándose ante mis ojos mientras su cuerpo estaba finalmente saciado. Pero no habíamos terminado. Estábamos *lejos* de haber terminado.

"Te viniste sin permiso, por lo tanto, serás castigada".

Se le escapó un pequeño gemido de la garganta. No le temía a la palabra *castigada*, sólo apretó el antebrazo de Sully.

Dándole la vuelta, él señaló el reposapiés. "Manos y rodillas, Mary. Estabas tan hermosa cuando te viniste, pero no nos obedeciste. Ahora te vamos a dar unos buenos azotes en el trasero hasta que tenga una bonita sombra rosada".

"Pero... ¡pero era demasiado bueno!" argumentó, pero se dirigió al mueble acolchado, ideal para unos azotes de castigo.

"Si te gusta que te azoten la vagina, entonces te va a encantar esto", agregó Sully.

Mientras se ponía en posición con el trasero hacia arriba

y sus senos balanceándose debajo de ella, dije: "Si le gusta, no es un castigo".

Acaricié sus exuberantes curvas, bajé una mano por el interior de un muslo. Mientras me encontraba con su abundante excitación, le separé las rodillas. "Abajo sobre tus antebrazos".

Cuando cumplió, sus pezones tocaron el cuero frío y su trasero empujó hacia arriba. Su vagina, tan rosada y húmeda y perfecta, estaba en completa exhibición. Mi pene dolía por sumergirse, mis pelotas se apretándose contra mi cuerpo, pero esperaría. Por ahora. Por ahora, disfrutaría esta primera vez con Mary, conociendo lo que le gustaba, lo que amaba, lo que hacía que su vagina se inundara.

Así que le puse la mano en el trasero, el lugar poniéndose rojo al instante. Ella jadeó ante la sorpresa, y luego el sonido se convirtió en un gemido cuando la picadura se asentó y se transformó en calor.

"Tenemos que pensar en algo que no sea tan... placentero".

Gritó y se subió a sus manos, su cabeza levantándose para mirar a Sully.

Él negó con la cabeza y le dijo que volviera a su posición. Su voz fue profunda y mandona y ella obedeció instantáneamente.

La azoté de nuevo, pero en otro lugar, luego en otro. Aunque Mary meneaba sus caderas, no se movió de su posición. Con cada azote gemía, el sonido concentrándose en mis pelotas y apretando fuerte.

Sully se agachó justo delante de ella, le cubrió la barbilla. La besó suavemente. "Te gusta que tus hombres te azoten, ¿no es así?"

Su cara estaba sonrojada, su piel húmeda. Su cabello sujetado con un moño apretado en la nuca, se aflojó en largas hebras y se aferró a sus mejillas y a su cuello.

Ella lo miró, sus miradas cerradas. "Oh, sí. Duele, pero luego no. Mi piel está caliente y tensa y... me quiero venir".

Sully sonrió ante la confesión de Mary. "Buena chica por decir la verdad. Aunque podrías habernos dicho lo contrario, tu cuerpo no miente. Pero recuerda, se supone que esto es un castigo y no se supone que deba gustarte".

"No puede... no gustarme", admitió.

Sully se paró a toda su altura y se acercó a mi lado. Nos tomamos un momento para apreciar la vista, para mirar a nuestra virgen esposa, desnuda y de rodillas, con el trasero enrojecido, la vagina hinchada y suplicando de necesidad. Era preciosa... y nuestra.

"A pesar de que es virgen, definitivamente no es inocente", le dije a Sully. "Tal vez podamos empezar nuestro entrenamiento ahora".

Girando la cabeza, nos miró por encima de su hombro. Su cabello estaba salvaje a su alrededor. "¿Entrenamiento?"

Señalé mi pene. "Tomarás esto, cariño. En tu vagina, en tu boca y en tu trasero".

Sully se desabrochó sus pantalones, liberó su pene, y los ojos de ella se ensancharon. "Y también tomarás el mío. Al mismo tiempo".

La boca se le cayó al mirar de un lado a otro a nuestros dos penes ansiosos. Sí, la habíamos sorprendido. Sully se rio. "No sabías nada de eso, ¿verdad?"

Negó con la cabeza y se lamió los labios. Cuando fui a buscar el frasco de vidrio de pomada del tocador, sólo podía imaginarme lo que estaba pasando por su bonita cabeza.

7

Mary

Esto se sentía *tan* bien. ¿Cómo se sentía tan bien algo que era doloroso? Cuando la palma de la mano de Parker se conectó con mi trasero, ¡me dolió! Ese dolor agudo y punzante que se filtró en mí y me hacía gritar. Pero al mismo tiempo, mi vagina se apretó y estaba ansiosa porque me llenara con su pene. Lo había visto y era grande, grueso y estaba terriblemente duro. Más grande que cualquier otro pene que haya visto. Los hombres que había visto mientras miraba a escondidas eran pequeños en comparación. Y ahora, como me estaba azotando, quería que me follara.

¿En qué me convertía eso? Oh Dios. ¿Eso significa que me gustaría—?

"¿Adónde se fue esa bonita cabeza tuya?", preguntó Sully, acariciando mi espalda. "Algo te puso tensa de repente".

"Sólo estaba pensando".

"Mmm", murmuró Parker. "¿Quizás no te estaba azotando

lo suficiente como para que te olvidaras de todo lo demás?"

Me puse rígida de nuevo.

"Mary", regañó Sully. "Suéltalo".

"Pensé en Benson. Si me gusta cuando me azotas, si me gusta el dolor que me causas, ¿me gustaría lo que él me haría después de todo?"

Ambos hombres se acercaron para arrodillarse delante de mí. Sully me levantó y me arrodillé en el reposapiés delante de ellos.

"A Benson le gusta hacerles daño a las mujeres. Eso es lo que le da placer. Infligirlo, las marcas, la respuesta de ellas. Le gusta verlas heridas".

Parker asintió con la cabeza con las palabras de Sully. "Nosotros nunca te haríamos daño de verdad. Te gustan los azotes y por eso te los dimos. Nosotros somos los que tenemos el control. Obtenemos placer al dominarte cuando te sometes a nuestras órdenes. Aunque puedas sentir dolor, es leve y te da placer inmediato".

Pensé en sus palabras. Cuando Parker me azotó, me dolió, pero no terriblemente y se transformó en placer casi de inmediato. Me había gustado. No, *encantado*.

"¿Te atrae la idea de ser golpeada?", preguntó Sully.

Mis ojos se ensancharon y crucé los brazos sobre mi pecho. Negué con la cabeza con vehemencia.

Parker sonrió y cada uno de ellos tomó una de mis manos en las suyas. Sus pulgares me acariciaron las palmas de las manos, el gesto fue suave y tranquilizador.

"Esa es la diferencia, cariño", añadió Parker. "No lo quieres y por eso no lo haremos. No es lo que te hace feliz, lo que te da placer, así que no nos hace felices a nosotros ni nos da placer tampoco".

"¿Les gusta azotarme?"

Sonrieron perversamente, bajaron la mirada a sus penes, ambos sobresaliendo gruesos de entre sus piernas.

"Basta de Benson. Todavía no hemos terminado contigo. Necesitas que te castiguen por venirte sin permiso. Claramente unos simples azote *no son* un castigo".

Sully tocó la punta de mi nariz. "¿Sí?", preguntó.

A pesar de que eran tan mandones, tan dominantes, se aseguraban de que yo estuviera bien.

Asentí una vez. "Sí", susurré.

"Vuelve a tu posición, cariño". La voz de Parker perdió esa ternura y fue profunda y autoritaria. El tono envió un escalofrío a mi columna vertebral y obedecí.

"Entonces es mi turno", dijo Sully, moviéndose detrás de mí. "Tal vez Parker es demasiado bueno".

Me reí de eso, pero se convirtió en un gemido cuando su dedo romo se deslizó a través de mis pliegues, y luego se deslizó dentro de mí.

Gemí al sentir algo dentro de mi vagina. Ardía un poco, porque su dedo era grande y yo *era* virgen.

"Está goteando", dijo antes de sacar el dedo.

Me sentí vacía. Meneando las caderas, esperaba que me tomara la indirecta y volviera a meter el dedo.

Una mano cayó sobre mi trasero. No más fuerte que antes, solo... diferente. "Nosotros decimos cómo y cuándo, cariño. ¿Quieres que te vuelva a meter mi dedo?"

"Oh, sí", gemí. Quería apretarlo, tirar de este hacia mí.

Cuando regresó, no estaba donde esperaba. La punta resbaladiza presionaba contra el más oscuro de los lugares. Me quedé inmóvil, pero una mano se posó en mi trasero mientras el dedo hacía círculos.

"Por tu respuesta al dedo de Sully presionando tu culo apretado, ¿podemos asumir que nunca viste a una mujer a la que le follaban el culo?", preguntó Parker.

Negué con la cabeza, concentrándome en las sensaciones extrañas que el dedo de Sully sacaba. No fue rústico, sino gentil e insistente a la vez. Tumbé mi cabeza entre mis manos, mi frente descansando sobre el cuero frío. Miré a través de mis muslos separados y vi las piernas fuertes de Sully.

El dedo retrocedió y suspiré, pero luego volvió, resbaladizo y frío. Esta vez, su presión fue más insistente, pero aun así suave, presionándome y abriéndome.

Jadeé mientras él me empujaba lentamente.

"Relájate. Déjame entrar. Buena chica. Respira profundo otra vez. Sí, así. ¿Ves? Tu culo se abrió para mí".

Mis dedos arañaron el reposapiés de cuero cuando Sully entró. Estaba estirada y la punta de su dedo me llenó. No dolió, pero era incómodo.

"¿Por qué? ¿Por qué querrías—?"

Preguntándome por qué pensaban que yo quería que me metieran un dedo ahí, empecé a preguntarles justo eso, pero en vez de una respuesta verbal, Sully tiró de su dedo hacia atrás con un simple toque y donde su dedo tocaba, cobraba vida. Un hormigueo de calor me hizo gritar, y muy fuerte.

Sully se rio, y luego volvió a meter el dedo. Como yo estaba ansiosa por ello, me relajé y él se deslizó un poco más profundo que antes, sólo para retirarse.

"¡Sí!" Grité. "Oh, querido señor, sí".

El sudor me llenó la piel y mi necesidad de venir pasó de un calor a un fuego furioso en todo mi cuerpo.

"Esto es sólo la punta de mi dedo follando tu culo, cariño. Imagínate si fuera mi pene", dijo Sully, moviendo su dedo lentamente hacia adentro y hacia afuera.

"Me voy a venir", le advertí. Era como un tren de vapor, incapaz de parar.

"Oh no", advirtió Parker. "Tu castigo es retener tu placer. No está permitido que te vengas. Sully te va a dar diez azotes y contarás cada uno".

Su mano bajó y escuché el fuerte crujido antes de sentir el ardor. Pero eso no se notó en mi mente tanto como su dedo dentro de mi trasero deslizándose aún más profundo. Gemí, tan deplorable y desesperadamente. ¿Cómo esto se sentía tan bien?

"Cuenta, Mary", dijo Sully.

"Uno", respiré, frotando mi mejilla caliente contra el cuero.

¡*Azote!*

El dedo de Sully casi se me sale del culo y vi luces de colores detrás de mis párpados.

"¡Dos!"

¡*Azote!*

Su dedo se introdujo aún más profundo.

Azote tras azote, conté. Azote tras azote, Sully me metió y sacó el dedo del culo.

Mi cuerpo estaba desesperado por venirse. La necesidad de dejarlo ir, de ceder a la pura felicidad de ello, era en todo lo que pensaba. Fue un placer doloroso. Dulce dolor que hizo que mis pezones se endurecieran, que mi clítoris doliera. *No te vengas. No te vengas. No te vengas.*

Conté y quise recuperar mi necesidad, lo suficiente para que cuando gimoteara, "Diez", estuviera al borde del abismo.

Sully me sacó el dedo por completo.

"¡No! Por favor, no", grité. No quería que su dedo se detuviera.

Con un brazo alrededor de mi cintura, Sully me levantó en sus brazos mientras veía a Parker acostarse sobre el gran reposapiés, su cabeza y espalda descansando cómodamente, sus piernas extendidas y las rodillas dobladas, de modo que sus pies descansaban en el suelo. Su pene sobresalía directamente hacia el techo, un fluido claro saliendo de la estrecha hendidura.

Sully me bajó de modo que mis rodillas estaban a ambos lados de la cintura de Parker, mi vagina flotando directamente sobre su pene.

La Novia Robada

"Es hora de que te entregues a nosotros", dijo Parker, con su pene en la mano. Se acarició a sí mismo, la carne roja y con aspecto hinchado y enfadado. "¿Alguna vez has visto a una mujer montar el pene de un hombre?"

Asentí, mordiéndome el labio.

"Acomódate sobre el pene de Parker", ordenó Sully. "Tómalo bien profundo".

Doblando las rodillas, sentí la cabeza acampanada empujándome la vagina y deslizándose por encima de los pliegues. Me moví, y luego me acomodé, mientras su pene empujaba mi entrada.

"Es tan grande", murmuré, sintiendo los labios de mi vagina separándose. Mi trasero se estremeció por el dedo de Sully y mi cuerpo estaba tan desesperado por venirse. La idea de que este gran pene me llenara, rompiendo mi virginidad, ni siquiera me asustaba.

"Lo soy, cariño. Te voy a llenar por completo", dijo Parker sonriendo.

Me presioné sobre él y se introdujo una pulgada a la vez. Me estaba estirando, llenándome y jadeé.

"Ah, ahí está, la última barrera entre nosotros", gruñó.

Hice una mueca ante el ligero dolor cuando su pene perforó esa delgada membrana.

"Es hora de hacerte mía. Nuestra".

Sully se acercó por detrás de mí, puso una mano suavemente sobre mi hombro mientras sentía su dedo resbaladizo en mi trasero una vez más. La combinación del pene a mitad de camino dentro de mí, torturándome, y del dedo de Sully, me hizo temblar.

"Cuando te llenemos, tienes permiso para venirte", murmuró Sully. Vi a Parker mirando a Sully por encima de mi hombro.

Poniendo sus manos en mis caderas, Parker empujó hacia arriba mientras me bajaba a mí. Al mismo tiempo, el dedo resbaladizo de Sully se deslizó hacia arriba dentro de mi trasero.

El dolor del pene de Parker rompiéndome la virginidad, su pene abriéndome la vagina, la picadura caliente de mi trasero y el dedo de Sully en lo profundo de mi culo se unieron en este remolino de doloroso placer tan escandalosamente brillante que vi de color blanco detrás de mis párpados. Entonces me vine, mi espalda inclinada y mi cabeza echada hacia atrás, mi grito de placer escapándose. No podía contenerlo. No podía contener nada. Me retorcí y me moví, jadeé y grité cuando me vine.

Nada, *nada* me preparó para como se sentía esto. Estaba perdida, tirada en el viento y golpeada. No podía controlarlo, no podía aferrarme a nada, pero sabía que estaba a salvo. La sensación de las manos de Parker agarrando mis caderas y la mano de Sully en mi hombro fueron mis anclas, manteniéndome en el lugar y permitiéndome soltarme porque sabía que me atraparían. Ellos me mantendrían a salvo.

Lentamente volví a mí misma. Los hombres se habían quedado quietos mientras me venía, el pene de Parker palpitaba dentro de mí, el dedo de Sully insistente y profundo.

Abriendo los ojos, bajé la mirada a Parker. Sus mejillas estaban sonrojadas, sus músculos del cuello tensos.

"Eso, cariño, es un castigo".

Una sonrisa malvada se extendió por su cara y no pude evitar sonreír.

"Serás castigada cuando desobedezcas, pero te prometemos que serás recompensada después".

Caí sobre su pecho, la tela de su camisa raspando contra mis pezones sensibles. "Estoy tan cansada", murmuré.

"Oh no, no lo estás". Con manos gentiles, me levantó de

nuevo, así que me senté a horcajadas otra vez, su pene moviéndose hacia adentro.

"Es el turno de Parker, Mary", dijo Sully. "Monta su pene".

El dedo de Sully aún estaba dentro de mí y me apreté. Ambos hombres gimieron. Me sentí poderosa en ese momento. Saciada, sudorosa y maravillosamente poderosa.

Mirando por encima de mi hombro, miré a Sully. "Pero... pero tu dedo".

Levantó las cejas y sonrió perversamente. "Acostúmbrate a tener algo llenándote el culo".

¿Qué quiso decir con eso exactamente?

"Pero—"

"¿Sabemos qué es lo mejor para ti?", preguntó.

"Sí, pero... ¿algo allí a menudo?"

Llevó su dedo hacia atrás ligeramente y luego lo metió dentro de mí, sus otros dedos chocando contra mi trasero azotado.

"Sí". Eso es todo lo que dijo sobre el asunto. "Folla el pene de Parker".

Quería moverme, mi vagina ansiosa, así que me apoyé de mis rodillas y me levanté. El pene de Parker se deslizó sobre mis paredes internas y me hizo jadear. Al mismo tiempo, salí del dedo de Sully, pero no del todo. También estaba abierta para él.

Bajándome, los sentí hundiéndose.

Llevé mi cabeza hacia atrás cuando el placer regresó. Sin dolor, sin incomodidad por la pérdida de mi virginidad. No sabía cómo podía querer más placer después de mi primer orgasmo, pero mi cuerpo estaba caliente y flexible y estaba listo para todo otra vez. Mi clítoris se frotó contra la parte inferior del vientre de Parker y me moví, retorciéndome al tener ambos agujeros llenos.

"Déjate llevar y disfruta. Vente cuando quieras".

Con el permiso de Sully, empecé a moverme. Recuerdo

haber visto a las putas follando con hombres así y ahora sé por qué lo disfrutaban tanto. Pero ninguna de ellas nunca tuvo un segundo hombre que le metiera un dedo en el culo de manera que estuviera follándose a sí misma en ambos agujeros. Era oscuro y carnal y estaba mal, y sin embargo se sentía maravilloso.

Sully y Parker no pensaron mal de mí por mi exhibición atrevida. De hecho, me empujaron a ello, me empujaron a descubrir y disfrutar de los deseos más desviados.

Todo eso quedó olvidado cuando el instinto y el impulso hacia otro orgasmo se apoderaron de él. Subí y bajé, me follé a mí misma con el pene de Parker. Sus dedos apretaron mis caderas, pero me dejó moverme como necesitaba. El dedo de Sully era insistente y cada vez más profundo, las sensaciones que provocaba cuando me elevaba y bajaba por encima del dedo irregular me empujaron por encima del borde.

Me vine de nuevo, apretándome, mis paredes internas contrayéndose y pulsando.

Cuando me vine, mis caderas dejaron de moverse y sucumbí. Parker se hizo cargo entonces, levantándome y bajándome a medida que sus caderas se elevaban, su turno de usarme para su propio placer. Su respiración salió en pequeños jadeos, su ritmo desigual a medida que su necesidad se fue apoderando. Lo sentí hincharse y engrosarse dentro de mí antes de que me empujara tan profundamente que lo sentí golpear mi vientre. Cuando se vino, gimió. Entonces me vine, un placer suave y ondulante al sentir su semen caliente pulsando dentro de mí.

Esta vez, cuando caí hacia adelante sobre su pecho, me envolvió con sus brazos, acarició mi espalda resbaladiza.

Mientras Parker recuperaba el aliento, mientras yo yacía húmeda y repleta, Sully deslizó suavemente su dedo y gimoteé. Lo escuché quitarse la ropa y la vi caer al suelo a mi lado.

El sonido de frotar carne sobre carne me hizo girar un poco la cabeza y vi como un Sully desnudo acariciaba su muy ansioso pene.

"Es el turno de Sully, cariño", murmuró Parker. "Mira ese pene. Él te necesita. Necesita tu vagina".

Parker me agarró mientras se sentaba, luego se movió y me puso sobre mi espalda tal como él había estado.

Poniéndose de pie, se volvió a meter el pene gastado en los pantalones.

Sully se acercó al borde del reposapiés, me agarró de los tobillos y me deslizó a lo largo del mismo, de modo que mi trasero estaba en el borde. La piel adolorida hormigueaba contra el cuero frío.

Aunque era intenso, Sully siempre había sido amable conmigo. Incluso su dedo había sondeado mi culo de una manera casi delicada. Pero ahora, ahora mantenía a raya a su bestia interior con el más fino de los hilos. Su cuerpo estaba cubierto de un brillo de sudor. Tenía la cara sonrojada, los labios eran una fina línea. Las venas de su sien latían y su pene goteaba fluido sobre el suelo de madera.

Verlo de esta manera me hizo sentirme ansiosa. Yo lo había puesto así. Aunque el juez había tenido miedo de Sully, yo era la que reducía al delincuente a la más básica de las necesidades.

"Lleva tus rodillas hacia atrás. Más ancho. Mantenlas así".

Me posicioné como ordenó Sully. Me gustaba el tono afilado de su voz, haciendo lo que él quería. Ahora sabía que mientras él hacía lo que quería conmigo, yo también me vendría. Estaba segura de ello.

Colocando una rodilla en el suelo y luego la otra, se arrodilló entre mis muslos separados. Estaba a la altura perfecta para tener su pene alineado con mi vagina. Sin ningún preámbulo, se metió de lleno en un largo golpe. Fue más profundo que Parker, si eso fuera posible. Tal vez fue el ángulo, tal vez fue porque su pene era más largo, pero sentí cada centímetro grueso.

Me tomó fuerte, su necesidad era así de grande. Sus ojos en mi vagina, viendo como su pene desaparecía dentro de mí y volvía a salir cubierto con una mezcla de mi excitación y el semen de Parker.

"Ahora somos uno, Mary. Tu vagina, el semen de Parker y mi pene. Yo también te voy a llenar. Nuestro semen va a gotear de ti toda la noche, te mantendrá bien húmeda para tomarte de nuevo".

Me dijo lo que iba a hacer, cómo iba a follarme, cómo Parker me iba a tomar cuando se enterrara dentro de mí.

Parker se arrodilló al lado del reposapiés y me cubrió los senos, jugó con ellos, tiró de los pezones mientras Sully no se detenía. Arqueé mi espalda y me agarré a mis rodillas mientras Sully se venía, empujándome a un último orgasmo. Al igual que con Parker, sentí su semen llenándome, sentí los chorros calientes cubrir mi vagina. Estaba marcada por los dos y me encantaba ese concepto casi neandertal.

Nuestras respiraciones profundas eran todo lo que podíamos escuchar; el olor a follar, espeso y picante, llenaba el aire. Yo era un desastre sudado y pegajoso y me sentía adolorida y usada y.... bien follada.

Cuando Sully se retiró, sentí que sus sémenes combinados comenzaban a gotear de mí.

La mano de Sully me cubrió la vagina. "Es una vista preciosa, cariño. Tu vagina hinchada y bien usada, nuestros sémenes goteando de ella".

Los dedos de Parker se unieron a los de Sully, frotando sus sémenes sobre mí, volviéndola a introducir en mí. "No queremos que pierdas ni una gota".

Parker me sonrió mientras sus manos se movían sobre mi lugar más íntimo. "Y pensaste que no estabas lista".

8

Mary

Me sumergí en una bañera llena de agua caliente en el baño, con los ojos cerrados. El aroma a rosas provenía de las barras de jabón y los aceites metidos en una cesta de cobre enganchada en el costado de la bañera de cobre. Cobre. Muy probablemente sacado de la mina de mi padre.

El burdel estaba tranquilo a esta hora de la mañana; todos los clientes habían quedado satisfechos y se habían marchado, todas las mujeres descansando de su noche de trabajo. Era el momento perfecto para aliviar todos mis nuevos dolores y molestias. No eran dolores, pero definitivamente estaba dolorida. No podía evitar la sonrisa que se extendió por todo mi rostro recordando exactamente cómo me puse así.

"¿Fue así de bueno?"

Abrí los ojos para ver a Chloe de pie en la puerta. Llevaba

un simple vestido blanco y un chal en los hombros. Me sonrió y movió las cejas.

"Fue… mejor que bueno". Intenté pensar en un adjetivo apropiado, pero no había ninguno. Dudaba que mi tutor de la infancia pudiera pensar en una palabra apropiada para describir cómo se siente una mujer después de haber sido follada por dos hombres.

Chloe entró y cerró la puerta detrás de ella, con cuidado de dejar que la puerta se cerrara lo más silenciosamente posible.

"Me sorprende que tus hombres te dejaran salir de debajo de ellos".

Agarré una barra de jabón, jugué con ella y la dejé escapar entre mis dedos. "Se agitaron, por supuesto".

"Por supuesto", se rio, moviéndose para sentarse en un taburete corto, con las rodillas dobladas hacia su pecho. Su cabello rojo estaba trenzado en una gruesa trenza que caía por encima de su hombro, una cinta azul sencilla en la parte inferior.

"Pero entendieron mi interés por un baño".

"Apuesto a que sí. Tienes toda la suerte. No un hermoso vaquero, sino dos. Y el Tirador Sullivan en la cama". Ella suspiró entonces. "Apuesto a que su arma es *muy* poderosa".

Puse los ojos en blanco por sus insinuaciones.

"¿Ese otro hombre, Benson? Tengo más razones por las que no debiste haberte casado con él".

Con la mención de su nombre, me moví, el agua salpicando hacia el borde de la bañera. "¿Ah?"

"Uno de mis hombres de anoche es su capataz". Chloe se acercó a la bañera, se inclinó hacia adelante y puso su mano junto a su boca como para contarme un secreto. "La mina, no hay cobre. La vena se ha secado".

Mis ojos se ensancharon "¿Secado?"

No podía creerlo. El hombre gastaba el dinero como si

viniera de un pozo y él simplemente lo sacara del suelo. Si su mina estaba seca, no se estaba comportando como si estuviera en problemas.

Se mordió el labio, y luego asintió. "Basta de esa mierda. Cuéntame todo sobre anoche".

Hice una burbuja en la superficie del agua. "¿Qué?"

"Mary Millard", empezó, y luego se rio de nuevo. "Mary Sullivan, anoche eras virgen y tu primera vez fue con dos hombres. Nunca he estado con dos hombres y yo soy una puta barata de Butte".

Entrecerré los ojos hacia ella. "Eres mucho más que una puta barata", la regañé.

"Y como dije antes, nunca he estado con dos hombres". Se inclinó hacia adelante, llena de entusiasmo con sus mejillas sonrojadas. "Quiero saber todos los detalles".

"No sé qué decirte, porque no tengo otra experiencia para comparar".

Chloe fue contemplativa. "Cierto. Entonces te haré preguntas que debes responder".

No estaba segura de cuánto quería compartir. Una cosa era espiar las aventuras sexuales de otras personas y otra cosa era ahondar en las mías, por mínimas que fueran.

"En primer lugar, ya no eres virgen, ¿correcto?"

"Eso es correcto". Esa fue una pregunta segura. Me casé con dos hombres dominantes y viriles. No había ninguna posibilidad de que pasara mi noche de bodas sin que se consumara.

"¿Los dos te follaron?"

Podía ver mis senos bajo el agua, mis pezones suaves, pero recordé lo duros que estaban cuando Parker tomó uno, y luego el otro, en su boca.

"Sí".

"¿Juntos?" Su pregunta estaba llena de asombro.

Negué con la cabeza. Había amontonado mi cabello en la

parte superior de mi cabeza con unos cuantos alfileres, pero los rizos se balanceaban alrededor de mi cara y cuello. "Dijeron que no estaba lista, que necesitaba ser entrenada".

"Mmm", contestó pensativamente.

"Chloe". Tenía una pregunta para ella, pero tenía miedo de preguntar. Pero respiré profundo, porque quizás ella era la única persona a la que podía preguntar. "En este contexto, ¿qué significa ser entrenada?"

Empujó sus piernas hacia afuera frente a ella. "Tus hombres son amantes atentos. Quieren follarte el culo, pero este probablemente está muy apretado".

La miré fijamente y luego aparté la mirada. Asentí tímidamente porque esta discusión sobre una parte tan privada de mi cuerpo me hizo sentir terriblemente incómoda, pero quería que ella continuara.

"Tu trasero—no tú—necesitas ser entrenada, ser estirada lentamente para poder tomar un pene sin que te lastime".

"Oh". Pensé en el dedo de Sully y en cómo lo había usado para *entrenarme*.

"¿Cómo harían para hacer eso?", pregunté, sin decir nada sobre el dedo de Sully. *Que* no iba a compartir.

"Oh, bueno, con tapones".

Fruncí el ceño, pensando en el que estaba en el fondo de la bañera.

Se puso de pie, y luego fue directo a la puerta. "¡Vuelvo enseguida!"

Se marchó antes de que pudiera siquiera preguntarme adónde se había ido. Usé el jabón en mi cuerpo, y luego subí las manos para enjuagarme los hombros. Estaba terminando cuando Chloe regresó, cerrando la puerta una vez más detrás de ella. Levantó un pequeño objeto.

"Esto es un tapón". Movió las cejas.

Parecía un... "¿Es una mecha?"

Negó con cabeza y se rio de nuevo. "No, tonta. Esto va en

tu trasero. ¿Ves cómo se estrecha en la parte superior y luego se ensancha? Eso te estira, te abre, y luego se estrecha de nuevo. Esta es la parte que sobresale y la mantiene en su lugar".

"¿Es tuyo?"

Me miró como si no estuviera bien de la cabeza. "Por supuesto que no. Tenemos un carpintero que los hace para el burdel. Este estaba en la caja de los que acaban de entregar".

Mi boca se abrió ante la idea y mi trasero se apretó ante la idea de que eso fuera puesto dentro de mí. "Yo nunca he... Quiero decir, nadie usó uno de esos cuando estábamos mirando".

Se puso el dedo en el labio. "No recuerdo haber visto contigo a nadie follando por el culo, ni jugando. Si lo hubiéramos hecho, no habrían usado uno de estos porque habrían tenido experiencia y no habrían necesitado ninguna ayuda".

Eso tiene sentido.

"Entonces—" Estaba a punto de hacerle otra pregunta, pero un golpe me asustó.

"Mary".

Chloe me miró.

"Es Sully".

"¿Quieres que lo deje entrar?", susurró ella.

"Como si algo fuera a mantenerlo fuera", respondí.

Chloe abrió la puerta y Sully entró. Vestido de nuevo, su camisa estaba desabrochada y sus pies descalzos. Con su cabello oscuro despeinado y barba en su mandíbula se veía rústico y muy guapo.

Cuando me vio en la bañera, sus ojos se entrecerraron y se calentaron. Desde su altura, podía ver todo de mí. Puede que haya sido virgen la noche anterior, pero conocía esa mirada. "Vine a ver cómo estabas".

"Chloe y yo estábamos charlando".

"¿Qué es eso?", preguntó, señalando el tapón en la mano de Chloe.

Sus ojos se ensancharon y me miraron, ligeramente conmocionado. Aprecié sus preocupaciones por mí, porque lo que habíamos hablado era confidencial. Ahora nuestra conversación ya no era secreta.

"Es... es un tapón anal", murmuró.

"¿Es tuyo?", preguntó.

Chloe negó con la cabeza, pero no le dio la mirada graciosa que me había dado a mí cuando le hice la misma pregunta. Parecía un poco asustada por Sully, o al menos por el Tirador Sullivan. "No, es de la caja de entrega del carpintero".

"Ah, bien. Excelente momento entonces. ¿Puedo quedármelo?"

Después de una rápida mirada hacia mí, ella se lo dio. Parecía tan pequeño en la gran mano de Sully, pero sólo podía imaginar que encajara dentro de *mí*.

"¿Todo listo?", me preguntó.

Asentí porque el agua se estaba enfriando y la habitación estaba llena de gente.

Mirando a su alrededor, tomó una toalla de baño de un gancho en la pared y se acercó a mí. Me puse de pie, el agua chorreando. Era extraño estar desnuda con él, pero después de anoche, era una tontería estar avergonzada. Sully me ofreció una mano y salí, luego envolví la toalla sobre mí.

Mientras lo hacía, dijo: "Parker está despierto y debemos irnos antes de que sea demasiado tarde. Pero primero, te afeitaremos la vagina. Ahora que tenemos este regalo de Chloe, también empezaremos a entrenar tu trasero".

La boca se me cayó mientras sostenía la cómoda toalla a mi alrededor. "¿Disculpa?", le pregunté. ¿Acaba de decir afeitado?

Fue a un armario de cristal y abrió la puerta, encontró algunos suministros para afeitar, y luego se dio la vuelta.

"¿Afeitarme?" Chillé.

Miré a Chloe, que sólo se mordió el labio inferior. "Yo... um, los dejaré a los dos, o tres—", se rio de nuevo, "—solos por ahora, y despídete después".

Salió por la puerta y me quedé sola con Sully.

"¿Afeitarme?" Repetí.

Tenía las manos llenas con una navaja de afeitar recta, una correa corta de cuero para afilarla y una taza de afeitar, un cepillo con mango de marfil que sobresalía de la parte superior. Además, el tapón. Oh Dios mío.

"Sí, vamos a afeitarte la vagina".

Fruncí el ceño. "¿Pero por qué?"

Fue a la puerta, la abrió, se asomó al pasillo y luego me miró. Tenía un brillo oscuro en los ojos y la comisura de la boca hacia arriba. "Porque me quiero comer esa dulce vagina y quiero que esté bonita y suave".

"¿Comer?"

"Ven. Parker está esperando. Después de afeitarte, podemos presentarle a tu pequeño y apretado trasero este bonito tapón".

"No quiero que me afeiten", admití. "Y ese... ese tapón no cabrá dentro de mí".

Tomó mi codo y me llevó por el pasillo y entró en nuestra habitación. Usó su cadera para cerrar la puerta tras él.

Parker estaba sentado en el costado de la cama y se estaba poniendo una bota. Me vio con solo una toalla de baño puesta.

Se puso de pie, se acercó a mí y me besó. Tan pronto como su boca se encontró con la mía, cada pensamiento fue olvidado. Sus suaves labios rozaron los míos, una, dos veces. Luego lo hizo más profundo, su lengua enredándose con la mía. Sus manos agarraron mis brazos y me sentí caliente por todas partes, esta vez no por el agua del baño. Mi vagina se apretó recordando a lo que llevaba un beso.

Cuando Parker finalmente levantó la cabeza, descubrí que la toalla de baño estaba a mis pies y yo estaba completamente desnuda para ellos.

"No quiere que la afeiten", dijo Sully.

Parker levantó una ceja. "¿Oh? ¿Por qué no?"

La respuesta era simple para mí.

"¿Por qué lo haría?", contesté.

Él sonrió entonces, justo antes de levantarme y acostarme en la cama. Se paró a un lado y con las manos en mis muslos, me tiró hasta el borde. Puso uno de mis pies sobre la manta suave y luego el otro antes de arrodillarse. Apoyándome sobre mis codos, lo miré a través de mi cuerpo desnudo. Su cabeza estaba directamente en línea con mi vagina.

Entonces bajó la cabeza y me puso la boca encima. ¡Allí!

"Dios mío", jadeé.

La punta de su lengua se movía a lo largo de mi juntura, y luego, con sus manos en la parte interna de mis muslos, usó sus pulgares para separar mis labios inferiores. Con más intención que dulzura, me lamió. Sobre mi clítoris, sobre cada pliegue, luego a mi entrada.

Levanté mis caderas para que pudiera hacer eso un poco más, pero levantó la cabeza y sonrió. Usando el dorso de la mano, se limpió la boca, que estaba llena de... oh. Estaba pegajoso con mi excitación.

"Por esto queremos que te afeites". Parker levantó la mano y Sully le pasó la brocha de afeitar. "Sólo espera. Ya lo verás. Confía en nosotros que te gustará. Te va a encantar, de hecho".

"¿Pero todo?", pregunté. ¿Tenía que irse todo?

Parker tenía una mirada pensativa mientras tiraba ligeramente de mis rizos cortos. "Dejaré un poco por aquí.

Un pequeño triángulo pálido que apunta directamente a mi—"

"Nuestra", corrigió Sully.

"Nuestra vagina perfecta".

No estaba segura de si debía estar agradecida o no.

"Chloe nos dio esto también". Sully sostuvo el tapón para que Parker lo tomara y me sonrojé furiosamente.

"Sully", gimotee.

Después de colocar la taza de afeitar en la cama al lado de mi muslo, Parker lo tomó y luego lo estudió. Desde este punto de vista, pude ver que era de madera oscura, afilada y lisa. *Era* grande, pero no mucho más grande que el dedo de Sully.

Con el más ligero de los tactos, Parker rozó mi clítoris, luego se deslizó más abajo, luego más abajo y aún más abajo hasta mi entrada trasera. Su dedo hizo círculos y presionó ligeramente contra mí. "Una vez que estés afeitada pondremos este tapón aquí. Comenzaremos tu entrenamiento. Quieres tomarnos a los dos, ¿no es así, cariño? Uno en esa vagina caliente y otro en tu culo virgen".

"Quédate quieta para Parker, Mary, y cuando él termine, cuando esa vagina esté desnuda y ese culo esté lleno, te dejaremos venir", prometió Sully. "Tú decides si es con la boca de Parker o con mi pene".

Oh Dios mío.

9

Sully

Irnos del burdel cuando había una cama perfectamente buena y una novia muy saciada, fue una tarea difícil. La Srta. Rose tenía caballos, listos y esperándonos para llevarnos a Bridgewater. Cabalgamos con algunas provisiones simples, pero sólo faltaban unas pocas horas para llegar a Bridgewater y lo logramos—sin ningún problema—a la hora del almuerzo. Por supuesto, pensando en la vagina de Mary con un pequeño parche de vello rubio, mi semen goteando de esta, y la base oscura del tapón anal separando sus mejillas me tuvo duro todo el camino. Era una forma incómoda de viajar. Quería llevar a Mary a nuestra casa y mantenerla desnuda y en la cama durante al menos una semana para aliviar la necesidad que tenía por ella, pero tuvimos que asumir que Benson no cedería en lo que respecta a Mary.

Él no sabía más que mi apellido, por lo que llevaría tiempo, incluso con mucho dinero, encontrarme. Por lo tanto, teníamos algo de tiempo, al menos unos días, pero no arriesgaríamos a nuestros amigos. Necesitaban saber que lo más probable era que viniera para que las mujeres y los niños estuvieran a salvo, y hubiera un plan para acabar con Benson de una vez por todas.

Debido a esto, nos desviamos de nuestra propia casa y fuimos directamente a la de Ian y Kane, donde los que no trabajaban se reunían para comer. Aunque hubo algunos rostros sorprendidos cuando presentamos a Mary como nuestra novia, todos estaban contentos. La habían llevado a la cocina con las damas y Mason, que estaba ayudando a cocinar. Al mencionar que Mary era una Millard, nos instalamos en la oficina de Kane con la puerta cerrada. Ninguno de nosotros le temía a Benson, pero él era una amenaza real.

"Quiere a Mary", le dije al grupo. Además de Parker y Kane, Andrew, Robert y Brody se unieron a nosotros. Aunque no éramos del mismo país, todos éramos militares experimentados. Un imbécil rico era una molestia con la que había que lidiar.

"Eso significa que quiere que te vayas", dijo Kane. "Y no me refiero a huir del Territorio".

Su acento inglés invadió sus palabras. Él, junto con Ian, fue el primero en casarse. Emma era su esposa y tenían una niña, Ellie.

Kane e Ian, junto con algunos otros militares británicos, fundaron Bridgewater. Un oficial al mando había asesinado a una mujer y había incriminado a Ian de la terrible acción. En lugar de enfrentarse a las injusticias sociales y políticas de un juicio inglés—era la palabra de un escocés contra la de un británico titulado—huyeron a Estados Unidos para llevar una vida tranquila.

Eso era exactamente lo que yo quería. Una vida tranquila, pero luego me casé con Mary.

"Si estás muerto, él puede casarse con ella y unir su mina con la de su padre", continuó Kane. "O lo que demonios sea su plan".

"Dinero. Es la base para esto, definitivamente". Parker se cruzó de brazos. "Él no sabe de mí, o al menos no sabe que ella también es mía".

Me apoyé contra la pared y miré fijamente a los otros hombres. "Eso significa que, si yo muero, Parker la hará suya legalmente", dije.

"Reggie Benson es un malvado hijo de puta", dijo Robert. Estaba recostado en el borde del escritorio y sus dedos acariciaban su barba. "No lo he conocido, pero su nombre habla por él".

Andrew negó con la cabeza. "El accidente de la mina del año pasado se pudo evitar, pero no le importó una mierda".

Había habido un colapso, porque Benson no proporcionó suficiente madera para reforzar las paredes. Hubo un derrumbe y cuatro mineros murieron. En un día, tuvo cinco reemplazos. Aquellos estaban como los hombres que habían estado en el tren con nosotros, ansiosos por un nuevo comienzo. Para Benson, ellos eran prescindibles.

"Tú tienes lo que él quiere", añadió Andrew. "Te va a perseguir sólo por principios".

Kane negó con la cabeza, movió los dedos mientras se inclinaba hacia atrás en la silla de su escritorio. "No vendrá él mismo. Enviará hombres. Un hombre como él no se ensuciaría las manos".

Me separé de la pared. "Va tras el esposo de Mary, no detrás de mí específicamente. No sabe con quién está tratando".

Parker se rio. "Así es. No tiene ni idea de que se enfrenta al Tirador Sullivan".

Negué la cabeza por el apodo. "Sólo quiero una vida tranquila".

Ese era mi mantra y solo seguía diciéndolo.

Brody se rio. "Elegiste a Mary Millard como novia. Una heredera como esa viene con... complicaciones".

"Y ella es todo menos tranquila", añadió Parker, ajustando su pene. Probablemente estaba pensando en que ella era una gritona. La sonrisa sabia de la Srta. Rose esta mañana cuando dijimos que nuestra despedida era suficiente para indicar que nuestras acciones no habían pasado desapercibidas.

"¿Y Laurel fue menos complicada?", le preguntó Andrew a Brody. Aunque ni Parker ni yo habíamos vivido en Bridgewater cuando Laurel, la esposa de Brody con Mason, fue descubierta en una tormenta de nieve, conocíamos su historia. Ella tenía un padre rico como Mary—aunque no tan rico como el de Mary—y él había planeado casarla con un hombre miserable. Fue un momento peligroso para ella, pero eso había quedado atrás de ellos.

Brody sonrió y negó con la cabeza. "Incluso con ese lío resuelto, ella sigue siendo un puñado".

"Tampoco fue sencillo para Emily ni para Elizabeth", agregó Kane, refiriéndose a dos de las otras novias del rancho.

Parker se acercó y me dio una palmada en el hombro. "Todos elegimos.... novias tempestuosas".

Los hombres asintieron y compartieron una mirada conspirativa. Mientras que los hombres de Bridgewater apreciaban a sus novias, nosotros también éramos amantes dominantes y le dábamos a nuestras esposas lo que necesitaban, no siempre lo que ellas querían. Justo como el tapón anal de esta mañana. Mary se había resistido al principio, luego, notablemente, se vino mientras yo lo metía y sacaba de ella lentamente, entrenando ese anillo apretado de músculo para que se relajara y se abriera.

"Esto no se trata de ti, recuerda", supuso Kane. "Se trata

de que Benson te venza. Como dijiste, no sabe que eres el tirador Sullivan, sólo el hombre que le robó la novia".

"Esa es Mary", le dije. "Nuestra novia robada. ¿Tenemos un plan contra su esperada retribución?", le pregunté.

Los hombres asintieron, habiendo pasado más de treinta minutos trabajando en algunas opciones y llegando a una decisión de grupo sobre cómo acabar con Benson.

"El plan es bueno", dijo Andrew. "La pregunta es, ¿su novia entenderá?"

MARY

"Sully y Parker", dijo Laurel, mirándome con una mezcla de respeto y admiración. "Son todo un dúo. Guapos, también".

"Laurel", advirtió Mason.

Cuando llegamos a Bridgewater, no sabía qué esperar. Sully y Parker me habían dicho en el camino que era un rancho administrado por una comunidad—que poco a poco se convirtió en un pequeño pueblo por sí mismo—en el que todos ayudaron a su éxito y crecimiento. Con amigos adicionales que se unían con frecuencia, se compró tierra adicional, se construyeron nuevas casas. Se formaron familias. La última incluía a Sully y a Parker desde que regresaron conmigo. Si seguían follándome como lo hicieron, estaríamos formando nuestra propia familia en unos nueve meses.

Se habían sorprendido de nuestro matrimonio, pero por lo que dijeron, yo no fui la primera en llegar casada con dos de los hombres de Bridgewater. Emma había sido—sorprendentemente—comprada en una subasta por Ian y

Kane y se casó inmediatamente después. Elizabeth había sido una novia por correo para un hombre malvado y en su lugar se casó con Ford y Logan. Ann se había casado con Robert y Andrew en un barco. Todos los matrimonios de los que me habían hablado fueron rápidos y con una gran historia que los acompañaba.

En cuanto a mí, *yo* todavía estaba superando la sorpresa de estar casada. De la atención inquebrantable de dos hombres. Estaba sorprendida de que me dejaran ser arrastrada a la cocina donde se estaba preparando el almuerzo.

Me habían dicho que todas las comidas eran comunitarias, cocinadas y servidas en la casa de Emma. Cuando llegamos, se hicieron presentaciones, pero debido al gran grupo, temí que no recordaría los nombres de todos durante algún tiempo. Pero yo era la nueva, y me interrogaban continuamente sobre mí misma y luego sobre mis hombres. *Mis hombres.*

"¿Estás interesada en las atenciones de otros hombres ahora, esposa?", le preguntó Mason a Laurel. "¿Otros hombres que son reclamados por Mary?" Mientras miraba a su esposa, cortó un pollo en una bandeja grande. Había tres de ellos por picar y él estaba haciendo un trabajo rápido.

Laurel le sonrió dulcemente. Se rio, cuchillo en mano. "Esa mirada te consiguió unos azotes, amor".

¿Azotes? ¿Laurel también era azotada?

Ella meneó las cejas hacia él. "Lo sé".

Basado en su respuesta, parecía que le gustaba... y lo quería. Al igual que yo. Había estado sorprendida al principio cuando Parker me había azotado, pero me gustó. No, me encantó la sensación de su mano sobre mí. Me encantaba la atención que recibía. Me encantaba la forma en que todos los pensamientos se me escapaban de la mente y me concentraba en Parker y su tacto. En Sully y sus palabras carnales.

Un bebé lloró en una cuna bajo una ventana abierta. El enfoque de Laurel cambió y se acercó a ir a buscar al bebé.

"Háblanos de ti, Mary. No de tus hombres", agregó Emma. Ella estaba en la mesa, un bebé en una silla especial a su lado. La niña golpeó la mesa con sus diminutas palmas y observó cómo un frijol verde caía al suelo. Un perro marrón, acostado elegantemente debajo, lo comió de inmediato. La niña, por supuesto, se rio del perro.

"Por si no se han enterado, soy una Millard".

Todos los adultos en el salón—Emma, Mason, Laurel, Ann y Rachel, ¿o era Rebecca? —asintieron.

"Esto es como un pueblo pequeño, las noticias se propagan tan rápidamente".

"No hay secretos aquí", dijo Ann. Ella estaba ayudando a su hijo pequeño a limpiarse las manos. Parece que los niños comían antes que los adultos, al menos hoy. Era difícil evitar agarrar una pata de pollo y mordisquearla, porque olía tan bien y estaba muy hambrienta.

Laurel se rio. "¿Cómo puede haber secretos, Mason, si tú y Brody me follan en el porche?"

Mason levantó la cabeza de su trabajo y sonrió. "Eras una chica gruñona y lo necesitabas. Si mantienes este tono, serás azotada allá afuera—", señaló hacia la puerta trasera del porche, "—mientras todo el mundo está comiendo".

La sonrisa se le desvaneció del rostro a Laurel y parecía arrepentida. Mason le guiñó un ojo y luego volvió a cortar el pollo.

No sabía si el dúo estaba bromeando o no. ¿Mason la azotaría en el porche trasero de la casa de Emma donde todos podían ver—y escuchar?

"Sí, estoy viendo rápidamente que todo el mundo lo sabe todo", comenté, pensando que necesitaba preguntar a mis hombres dónde me azotarían si sintieran la necesidad. "Mi padre es dueño de una de las minas de cobre en Butte. Mi madre murió cuando yo era pequeña y él no fue el más... amoroso de los padres. Fui criada como una señorita de la sociedad y se esperaba que tuviera una unión ventajosa".

Me pasaron una cuchara y un tazón grande y me señalaron en dirección a la estufa. "Gracias—"

"Rebecca", dijo la mujer.

"Sí, Rebecca". Me volví hacia la estufa y comencé a sacar pequeñas papas rojas del agua hirviendo y las puse en el tazón. "No es Boston o Nueva York, pero en Butte, la sociedad es importante. También lo son los negocios. Mi padre hizo un acuerdo comercial con el Sr. Benson y yo era el producto intercambiado".

"Conozco a Benson. Él... no es muy amable", dijo Mason, haciendo una pausa mientras cortaba el pollo.

Sólo podía imaginar lo que habría dicho si no hubiera atenuado sus palabras.

"No importa ahora, porque estoy casada con Sully... y Parker". Me salté los detalles del burdel, porque ¿cómo podría explicarlo todo sin parecer una puta o simplemente extraña? Aunque parecía que todo el mundo tenía la mente muy abierta, aún no estaba preparada para ofrecer todos mis secretos.

"Sully y Parker, son toda una combinación", dijo Laurel, volviendo al principio de la conversación.

Parker y Sully se cruzaron por mi mente cuando puse las papas nuevas en el tazón. No estaba segura si era el vapor o el pensar en lo que me habían hecho esta mañana lo que me estaba calentando por todas partes. Frotando mis piernas, sentí mi vagina desnuda, resbaladiza y suave, sin vello. Mi excitación y su semen cubrieron mis pliegues, los labios de mi vagina y estos eran tan notables ahora. Incluso mi trasero. Oh Dios. Sully había cubierto el tapón que le había quitado a Chloe y lo había metido dentro de mí.

Yo estaba de rodillas, la mejilla presionada contra la cama

mientras él se tomaba su tiempo. Respirando fuerte, jadeé y empujé con fuerza, relajada mientras él me elogiaba.

Qué buena chica. Respira. Sí, empuja hacia atrás. Ah, te estás abriendo tan bien. Mira cómo te estiras. Piensa en nuestros penes deslizándose, cómo se sentirá cuando te tomemos por aquí.

Cuando el tapón finalmente se había asentado dentro de mí, me tumbé en la cama, ajustándome a la extraña sensación del objeto. Me sentía abierta y llena. Además de eso, me sentí... controlada. Cada parte de mí les pertenecía a ellos. Debería haberlo odiado, porque Benson seguramente me controlaría si nos casáramos. Esto era diferente. Tan diferente que me vine con las atenciones de Sully. Los hombres se habían sorprendido y en vez de castigarme, me alabaron.

Pero eso no fue todo. El tapón estaba adentro, pero Sully había dicho: "No hemos terminado, cariño. El entrenamiento acaba de empezar".

El ruido de una cuchara me sacó de mis pensamientos. Sentía *todo* ahora, incluyendo mi trasero dolorido. Parker me había quitado el tapón antes de que nos fuéramos de The Briar Rose, pero todavía sentía los efectos de sus esfuerzos. Todo se notaba aún más porque no llevaba ni medias ni calzoncillos. Estaba desnuda al aire allá abajo. Completamente desnuda. Ellos podían levantarme las faldas y... Me sonrojé entonces. Definitivamente no fue por el vapor.

Tenía que preguntarme qué planeaban hacer conmigo ahora. Mientras Mason había dicho que él y Brody habían follado a Laurel en su porche—donde todo el mundo podría haber visto y escuchado—tenía que esperar que mis esposos no hicieran eso. Pero cuando fuéramos a su casa—nuestra casa—sabía que no habría restricciones.

10

 ARKER

Durante una semana, mantuvimos a Mary en nuestra casa. Desnuda. El único accesorio que se le permitía era un tapón en el culo y nuestro semen en los muslos. Una semana de mantenerla bien ocupada mientras esperábamos noticias para poder implementar nuestro plan de acabar con Benson de una vez por todas.

Quinn y Porter se habían ido a Butte con su esposa Allison. Mientras están allí, disfrutan del teatro y otras ofertas de la gran ciudad, y al mismo tiempo, vigilan a Benson. Ninguno de ellos había estado allí antes y no sería una amenaza, o una conexión con Sully, para Benson. Después de seis días, finalmente enviaron un mensaje de que Benson iba a ir tras Sully. Habíamos tenido razón, había pagado a sus secuaces para que completaran la tarea por él y se dirigían a Bridgewater.

La llamada a la puerta se produjo cuando estábamos en el

dormitorio con Mary. Ella estaba montando a Sully, sus manos apretadas sobre la cabecera de la cama, su culo estirado y lleno de un tapón mucho más grande que el que Chloe le había dado. Con una suave persuasión, ella había podido subir dos tamaños en los últimos días y estaba a punto de estar lista para que la tomáramos al mismo tiempo. Aunque era algo que Sully y yo deseábamos hacer, no teníamos prisa. Me encantaba ver la expresión en su rostro mientras le enseñábamos cosas nuevas. Ella era tan insaciable como nosotros, no se inhibía en lo más mínimo, y era muy sensible, fácil de excitar y de venirse.

Me puse unos pantalones y fui a la puerta principal, los pequeños jadeos y gemidos de Mary me siguieron por el pasillo mientras Sully le hablaba sucio.

Kane se quitó el sombrero y entró. Cuando el sonido de una palma contra la carne desnuda nos siguió, Kane levantó una ceja. Cuando Mary gritó, él sonrió.

"Estoy interrumpiendo".

"Sully puede ocuparse de ella por su cuenta por un rato".

"¡Sí!" Mary gritó, su voz desesperada y sin aliento.

Me ajusté el pene duro, sonreí sin vergüenza.

"Haré esto rápido entonces. Porter envió un mensaje. Los hombres de Benson vienen hacia aquí. Se lo he dicho a los demás. Nos iremos en dos horas".

Asentí, contento de que finalmente fuera el momento de hacerse cargo de Benson, aunque no estaba muy entusiasmado en dejar a Mary en este momento. Aunque, siempre estábamos duros y ansiosos por ella, así que nunca habría un buen momento para separarnos de ella. Sully había querido una vida sencilla, y esperemos que con el asunto de Mary con Benson pronto resuelto—o el asunto de Benson con Sully—pudiéramos regresar al rancho y follar en paz por el resto de nuestras vidas. Necesitábamos que esto terminara.

"¿Quién se queda atrás?", le pregunté. Las mujeres estarían protegidas.

"Dash y Connor, más Mason. Quinn y Porter regresan con Allison esta tarde".

"Bien".

Mary gritó entonces, y no de dolor.

"¿Dos horas?", le pregunté, ansioso por cerrar la puerta en la cara de Kane y volver con mi novia.

"Que sean tres". Kane me dio una palmada en el hombro y salió.

Volviendo al dormitorio, encontré a Mary en la cama, con los ojos cerrados y la piel cubierta de sudor. Su cabello pálido era una maraña salvaje en las almohadas y estaba tratando de recuperar el aliento. Sully se sentó a un lado de la cama, tirando de sus pantalones. Levantó la frente en una pregunta tácita, y yo asentí en respuesta.

Se puso de pie, se abrochó los botones. Aunque tenía el aspecto de un hombre satisfecho, su enfoque había cambiado a Benson.

"Mary", dije, mi voz suave.

Se veía tan saciada, tan bien satisfecha, que sabía que mis próximas palabras iban a arruinarla. Diablos, no quería arruinar eso para ninguno de nosotros. Deslizó su pierna sobre las sábanas, metiéndola en ángulo. ¿Sabía que su vagina desnuda ahora estaba abierta para nosotros? ¿Sabía que estaba deliciosamente rosada e hinchada, cubierta con una gruesa capa del semen de Sully? ¿Sabía que el mango del tapón de su trasero le abría las mejillas tan tentadoramente?

Si lo hiciera, sería una zorra y recibiría unos azotes.

"¿Mmm?", contestó ella.

"Tenemos algo que decirte". La voz de Sully no fue tan suave como la mía—nunca lo era—y ella abrió los ojos.

"Benson está enviando hombres aquí, para ir tras Sully", dije. No había manera de suavizar las palabras.

"¿Qué? ¿Ahora?"

Se puso sobre sus manos y rodillas, sus ojos muy abiertos por el miedo. Cambiando un poco, se movió para que el tapón no fuera incómodo. Sus senos se balanceaban hermosamente debajo de ella y moría por cubrirlos con mis manos.

"Colócate aquí, cariño. Sobre mi regazo y te quitaré ese tapón".

Me moví para sentarme y ella levantó su mano para detenerme.

"Un tapón en el culo no es lo que estoy pensando ahora mismo. Dijiste que el Sr. Benson vendrá aquí por Sully, entonces... ¿qué va a hacer? ¿Llévame lejos?"

Los dos negamos con la cabeza.

"No". Sully puso sus manos en sus caderas, bajó la cabeza. "No tienes ningún valor para él mientras estés casada conmigo".

Mary parecía pensativa, se mordió el labio. "Él está tras de ti".

Sully asintió una vez.

"Te quedarás aquí con las mujeres. Mason y algunos otros hombres se quedarán para protegerlas".

Sus ojos se entrecerraron. "¿Me van a dejar aquí?"

Se había vuelto cómoda en su desnudez, pero ahora dudaba que estuviera pensando en cómo se veía, con todos sus exuberantes senos y su vagina desnuda, sentada en nuestra cama. Eso sólo hizo que mi respuesta fuera mucho más fácil.

"Diablos, sí".

"Pero—"

Sully cruzó los brazos sobre su pecho. "Protegemos lo que es nuestro. Eso te incluye a ti. Te quedarás aquí donde no tengamos que preocuparnos por ti, donde podamos hacernos cargo de Benson y volver contigo".

"Sí, pero—"

"¿Quieres que te follemos un poco más antes de que nos vayamos o que te castiguemos?", preguntó Sully, su tono era el de cuando había arrojado a Mary sobre su rodilla más temprano.

"¿Yo no puedo decir nada?"

"¿En esto?", le pregunté. De ninguna jodida manera. "No. Es nuestro trabajo, nuestro privilegio, ocuparnos de esto, de Benson. De una vez por todas".

"¿Por cuánto tiempo estarán fuera?"

Me moví para sentarme a su lado, la atraje para que se sentara en mi regazo, cuidadosamente por el tapón. Metiendo su cabeza bajo mi barbilla, me deleité con su suave y exuberante sensación. Yo quería esto, la quería a *ella*, sin complicaciones, sin preocupaciones.

Esto, abrazarla, era paz. Era simple, tranquilo. Perfecto.

"Los alejaremos de Bridgewater, así que el encuentro no será hoy. Me imagino que tres, cuatro días".

Su mano acarició mi abdomen distraídamente. Me había provocado antes y no había sido así. A veces, puede ser una pequeña zorra. Ahora no era una de ellas. Sin embargo, su caricia me puso duro. *Todo* en ella me ponía duro.

"Te irás y te quedarás con Laurel y Mason".

Le acaricié su cabello sedoso, que era un enredo salvaje hasta la espalda y caía sobre mi muslo.

"Muy bien", contestó ella.

Aliviado, le besé la parte superior de la cabeza.

"Tenemos unas horas. Kane estaba impresionado con lo duro que te viniste. ¿Crees que puedes gritar así por mí?"

Se puso rígida en mis brazos. "¿Lo escuchó?", preguntó preocupada.

"Mmm".

Usando dos dedos, le incliné la barbilla hacia arriba para que se encontrara con mi mirada. "¿Sólo para ti?", preguntó.

"Para mí y Sully. Mientras no estemos, tendrás que seguir usando los tapones por tu cuenta".

Su frente se arrugó.

"Cuando volvamos, vamos a reclamarte".

"Juntos", añadió Sully.

"Así es. De espaldas, con tus piernas bien abiertas". La ayudé a ponerse en posición y maldición, quería arrastrarme entre esos muslos y follarla. Pero eso podría esperar.

"Saca ese tapón y te daremos el siguiente tamaño. Lo pondrás pegajoso y te lo pondrás tú misma. Lo usarás hasta la hora de comer, y luego cuando te vayas a la cama".

Sully debe haber visto una mirada en sus ojos, porque dijo: "Lo sabremos, cariño. Cuando volvamos, seremos capaces de deslizar un dedo dentro de ti, será fácil de revisar, y luego nuestros penes".

Sully sostuvo el nuevo tapón, más largo y grueso que el que está dentro de ella ahora, y el frasco de lubricante resbaladizo. "Si pones ese nuevo tapón rápidamente, tendremos más tiempo para follarte antes de que te vayas".

"¿Quieren… quieren que lo haga yo misma?"

"Sí, necesitamos saber que puedes hacerlo mientras no estamos", contestó Sully. "Entonces te follaremos. Estará bien apretado".

"Y quiero oírte gritar al menos dos veces para que pueda pensar en tu placer mientras estoy fuera", agregué, sabiendo que las noches en el sendero iban a ser largas. Pensar en ella ayudaría.

Me senté a un lado de Mary, y Sully al otro, y mantuvimos sus rodillas separadas, observando como atendía su entrenamiento de trasero. Cuando sus pezones se tensaron y su piel se ruborizó, supe que estaba lejos de ser una tarea difícil.

11

Mary

Me quedé despierta esa noche, pensando en mis hombres. Iban a encontrarse de alguna manera con los empleados del Sr. Benson, los iban a alejar de Bridgewater y luego los iban a emboscar. Cómo eso iba a hacer que el Sr. Benson decidiera que yo no debía seguir siendo su esposa me superaba. El hombre no iba a parar hasta que Sully estuviera muerto y yo fuera viuda, elegible para casarme una vez más. Si Sully y los otros mataban a los hombres que venían por él, Benson sólo enviaría más. Los números no se detendrían.

No habría final. Nada de la paz y tranquilidad que Sully estaba buscando. Sólo quería que Sully y Parker tuvieran lo que ellos querían. A diferencia del deseo del Sr. Benson, no era algo tangible, algo que no se pudiera comprar. Era una forma de vida y yo también la deseaba. No necesitaba dinero, sólo necesitaba a mis hombres.

Sólo había una forma de detener al Sr. Benson. La idea

me vino mientras miraba las sombras bailando a través de la pared en el dormitorio de huéspedes de Laurel. Las suaves cortinas de la ventana se movieron con la brisa del verano y captaron el brillo de la luna. Estaba sola en una cama extraña y en una casa extraña. Me había familiarizado con compartir una cama con dos hombres grandes, adaptándome a ser abrazada toda la noche, presionada entre dos cuerpos calientes. Ahora me sentía sola. Incluso en la noche cálida, tenía frío. Anhelaba a mis hombres.

No había pensado en lo que Chloe había dicho sobre la mina del Sr. Benson esa mañana en el baño del burdel. Sully vino, nos interrumpió y me mostró una navaja de afeitar y un tapón anal. Decir que mis pensamientos habían sido ocupados por ellos desde entonces era una gran subestimación. Pero con ellos fuera todo el día, tuve tiempo para pensar.

La mina del Sr. Benson estaba seca. No había cobre. Eso significaba que no había más dinero, ni un estilo de vida lujoso. No me extraña que me quisiera. Quería mi dinero y, en última instancia, la mina de mi padre. No había escasez de cobre. La vena era buena. Era profunda.

Estar casada con Sully significaba que la mina de mi padre era inalcanzable para el Sr. Benson. Él estaba desesperado. Esto significaba que no dejaría de intentar llegar a mí. No dejaría que Sully siguiera vivo. Cuanto más tiempo pasaba, más se desesperaría él. Claro que podía encontrar otra heredera, pero yo era la única en Butte que estaba—o había estado—soltera y en edad de casarse.

Lillian Seymour tenía cuarenta y seis años y siete hijos. Si su esposo muriera, el Sr. Benson podría casarse con ella, pero sus intenciones serían obvias. La mujer era hermosa y tenía siete hijos.

Estaba Olive Morris, pero tenía 12 años. Dudaba que el

Sr. Benson tuviera seis años, y mucho menos seis meses de espera.

Yo era su única oportunidad.

Yo sabía cómo terminar esto de una vez por todas. No era a través de Sully. Ni siquiera con matones a sueldo. Había una persona que necesitaba saber la verdad y detener el negocio. Mi padre.

Tenía que llegar a Butte. Tenía que ir a ver a mi padre y contarle lo de la mina del Sr. Benson. Entonces podría vivir mi vida con mis hombres sin miedo ni peligro de que nos persiguiera. Y uno de mis hombres estaba en peligro. Mientras ellos decían que era su trabajo protegerme, era mi trabajo salvarlos. Sabía cómo salvar a Sully y no podía sentarme con Laurel y las otras mujeres con esa información y no hacer nada al respecto.

Butte estaba a sólo unas horas de distancia. Una cabalgada fácil para un caballo con un jinete ligero. Nadie me estaba persiguiendo. *Yo* no era la que estaba en peligro. Sólo tenía que averiguar cómo escapar. Mason, Quinn, Porter y los otros hombres eran muy protectores. *Sobreprotectores*. Me puse de costado, tirando de la manta, pensando. Cuando el sol empezó a salir y el cielo se volvió gris, luego de un rosa perfecto, tenía mi plan.

SULLY

"¿Qué demonios quieres decir con que ella se ha ido?"

Estaba sudado y cansado y sucio y todo lo que quería hacer era ver a mi esposa y hundirme en ella. Pero no. No, mi esposa había dejado una nota diciendo que iba a Butte.

¡A Butte!

Dejé a Parker en el establo con los caballos cuando fui a casa de Mason a buscar a Mary. Nos paramos en su porche y miré hacia el sur como si pudiera verla a ella y a ese pueblo abandonado por Dios. Una vez que la recuperara, no volveríamos a ir nunca más a ese pueblo. Mierda.

Mason se rascó la cabeza, lucía como una mezcla de furioso y aturdido. "Vino a desayunar, comió con nosotros como si todo estuviera bien. Me dijo que le habían encomendado entrenar su trasero y que necesitaba algo de privacidad".

No me sorprendió que Mason supiera de la tarea de Mary mientras estábamos fuera. Me sorprendió que se lo dijera a Mason. Aunque estaba completamente desinhibida con Parker y conmigo, era muy tímida a la hora de compartir lo que hacíamos con los demás. El solo hecho de saber que Kane la había oído venirse mientras la follaba la otra mañana había sido mortificante para ella.

Todos en el rancho sabían que follábamos. Todos en el rancho sabían que follábamos con abandono. Todos lo hacíamos. Dábamos azotes y chupábamos, lamíamos y follábamos a nuestras esposas. Incluso entrenamos sus culos porque no sólo nos gustaba una buena follada de trasero, sino que a nuestras novias también les gustaba. A todos nos gustaba follarnos a nuestra novia al mismo tiempo.

Esto era algo que aún teníamos que hacer con Mary, pero yo esperaba lograrlo hoy. Ahora no.

Ahora tenía que ir a Butte a buscar a mi esposa.

"Nos encargamos de los hombres de Benson y le enviamos uno vivo con un mensaje".

El pesado galope de un caballo vino hacia nosotros.

Parker saltó de su caballo antes de que se detuviera, buscando en el porche cubierto. "¿Mary está en Butte?"

"Mierda, sí", murmuré. Los otros hombres que se

quedaron sabían que se había ido y uno de ellos debió decírselo a Parker.

"Mierda. ¿Butte?", gritó Parker.

"Mason nos dijo que ella le dijo que iba a entrenar su trasero y que necesitaba privacidad. La próxima vez que fue a verla, ella se había ido".

Parker se quedó inmóvil, los ojos muy abiertos. "Esa mujer, cuando la encontremos, va a descubrir todas las formas de entrenar a ese culo".

Se puso el sombrero en la cabeza y caminó hacia a su caballo, agarrando las riendas.

"Quinn fue tras ella. Una vez que supimos que se había ido, él la siguió. Pero es un gran pueblo y no puedo decir si la encontrará fácilmente".

"Oh, sabemos dónde encontrarla", murmuré. Di dos pasos a la vez y prácticamente corrí hacia el establo.

12

ARY

"¿Estás segura de que deberías estar haciendo esto?", preguntó la Srta. Rose.

Estaba una vez más en la cocina de The Briar Rose sentada frente a la mujer que era más madre que una madame. Esta vez no era una virgen inocente, deseosa de un poco de excitación. Una semana con Sully y Parker me había quitado toda la inocencia y estaba contenta por ello. Amaba todo lo que hacía con ellos, lo que me hacían a mí, lo que me ordenaban que me hiciera a mí misma. Incluso me gustaban los malditos tapones.

"Es mi culpa que Sully esté en peligro. Él no quiere ser otro objetivo, ya sean chismes, rumores o balas. Sólo quiere.... tranquilidad".

"No es tu culpa", respondió ella mientras se ponía de pie para llenar su taza de la cafetera en la parte de atrás de la estufa. Cuando tendió la olla hacia mí, negué con la cabeza.

Ya estaba bastante nerviosa. Las voces se filtraban desde el piso de arriba. Era temprano en la tarde y aunque todos estaban despiertos, nadie se movía demasiado rápido. Nora había bajado a tomar una taza de café, saludó y luego se fue. El carnicero había entregado una caja de carne guisada para la cena, pero por lo demás, teníamos la cocina para nosotras solas.

"Benson habría ido tras el hombre con el que te casaste".

Fruncí el ceño. "Eso no lo hace mejor. Con quienquiera que me casara—si hubiera sido Parker en su lugar—habría sido el enemigo de Benson".

"¿No crees que Sully pueda defenderse?"

"Sí, lo creo". Mis dos hombres podrían defenderse a sí mismos, y a mí también. "Pero a pesar de que ellos salieron a protegerme de esos... matones que el Sr. Benson envió, eso no resuelve el problema. Él seguirá enviando más hasta que uno de ellos tenga suerte y mate a Sully".

Me dieron ganas de vomitar con solo decir esas palabras.

La Srta. Rose cruzó la mesa y tomó mi mano. "Realmente los amas, ¿no es así?"

Me reí, pero tristemente. "Los conozco desde hace una semana. ¡Me mantuvieron desnuda casi todo el tiempo!"

La Srta. Rose no parecía horrorizada, sólo risueña. "¿Qué hay de malo en eso? Suena romántico para mí".

"¿Romántico? ¿Tienes idea de lo que me hicieron?"

Sonrió, negó con la cabeza. "Oh, tengo una idea. Estoy segura de que puedes darle a Chloe algunas lecciones ahora".

Tiré de mi mano y las doblé ambas en mi regazo. "Sí, supongo que sí. Pero, ¿amor? No estoy segura de lo que siento. No quiero que les pase nada. No quiero que nadie más los tenga. Quiero... complacerlos".

La Srta. Rose se rio y levantó su taza de café en el aire como si quisiera brindar por mí. "Mary Sullivan, eso es amor".

La miré con esperanza. ¿Era esto amor? ¿Esta... necesidad de cuidarlos, de darles lo que querían? Dijeron que tenían el privilegio de protegerme y ahora lo entiendo. Era mi trabajo como su esposa protegerlos cuando podía. Saber lo que sabía del Sr. Benson podría proteger a Sully. Lo quería a él. Lo necesitaba. A *los dos*. Pero, ¿amor? "¿De verdad?"

"Tu madre, que en paz descanse, te habría dicho justo eso. Tu padre, bueno, es un hombre y un idiota".

Muy sabias palabras.

"Y tengo que enfrentarme a él. ¿Qué hora es?"

"Las dos y media".

Me puse de pie y llevé mi taza al fregadero. "Estará en casa a las cuatro, como siempre, estoy segura. Por primera vez, me alegro de que sea tan meticuloso".

"Hasta entonces, te sentarás aquí y me hablarás de tus hombres. Quiero escuchar todos los detalles sucios".

PARKER

"Oh, ustedes dos han tenido sus manos muy ocupadas con esa novia suya".

La Srta. Rose se paró en la puerta trasera del burdel, sin siquiera dejarnos entrar.

"Déjanos entrar y te la quitaremos de *tus manos*", le dije.

Habíamos cabalgado duro desde Bridgewater y fuimos directamente al burdel. Curiosamente, era su refugio en este pueblo loco y sabía que estaría a salvo allí. En otro lugar, tenía mis dudas. Pero Benson no la quería. Bueno, él la quería, pero sólo si podía casarse. Eso no iba a pasar pronto.

"Ella no está aquí. Es por eso que no los dejaré entrar. Les estoy ahorrando tiempo".

"Mierda", juró Sully, caminó en círculo. "Se ha ido a ver a Benson".

Estaba listo para ir a su casa, a su mina o a dondequiera que estuviera y arrancarle la cabeza con mis propias manos. Si tocaba o incluso respiraba cerca de Mary...

"¿Benson? No".

Fruncí el ceño, confundido. "Entonces, ¿dónde demonios está?"

La Srta. Rose levantó una delicada ceja.

"Perdone el lenguaje, pero tenemos que encontrarla para poder darle unos azotes en el trasero".

Ella sonrió entonces, miró entre nosotros dos.

"La pondremos a salvo y *luego* le daremos unos azotes", aclaró Sully.

"Fue a ver a su padre", dijo la Srta. Rose. "Ella sabe algo, caballeros. Se negó a decirme qué era, pero era algo que aseguraría que Benson los dejara en paz".

Estaba tan frustrado que quería estrangularla para que me diera la respuesta, pero esta mujer, demonios, vi a Mary en ella. O a ella en Mary. Testaruda, cabeza dura, inteligente. Jodidamente lógica.

"Entonces, ¿por qué ir hacia su padre? Al hombre no podría importarle menos ella".

Se puso una mano en el pecho. Las capas de flecos blancos eran casi cegadoras en el sol.

"Ella no me lo dijo. Pero la casa Millard es fácil de encontrar. Solo vayan a la calle Granite. La de él es la más grande".

MARY

. . .

"Hola, padre".

Mi padre levantó la mirada de su periódico y sus ojos se ensancharon, sorprendido. Llevaba su habitual traje negro, impecable y estirado a cualquier hora del día. Su pelo gris estaba bien peinado, sus papadas aún cubrían el cuello de su camisa. Sentado como estaba en su habitual silla de espalda ancha, su físico redondo era aún más notable. Quizás fue mi percepción de él la que cambió, al estar con Sully y Parker, dos gigantes bien musculosos. "Mary".

Su tono no estaba enfadado ni feliz. Fue neutral, como siempre. Yo no traía inspiración en el hombre, ni felicidad. De hecho, la única vez que lo vi mostrar verdadera emoción hacia mí fue cuando descubrió que me había casado sin su consentimiento.

"¿Dónde está tu esposo? No me digas que te abandonó".

Oh. Ahí estaba el Gregory Millard que conocía. Me puse de pie delante de él como lo había hecho toda mi vida. Primero con una niñera, de pie en camisón y con una bata, dándole las buenas noches. Luego mayor, con mi tutor recitando lo que aprendí ese día. Siempre he tenido los pies juntos, la espalda perfectamente recta, la barbilla levantada, las manos juntas delante de mí.

No era cómodo. Era prácticamente subordinado, pero era familiar. Si me estaba enfrentando a él, quería estar calmada, al menos tanto como fuera posible. Por eso elegí esta hora del día. Siempre leía el periódico antes de que le sirvieran la cena a las cinco en el comedor. No tenía una reunión, no se divertía. Este era su momento de leer las noticias. Nada más. Excepto hoy, cuando me enfrentaría a él por primera vez.

"¿No pensaste que duraría más de una semana? Soy una heredera del cobre, después de todo. Si mal no recuerdo, me dijiste que era la mujer más rica de todo el Territorio".

"Seguirías siéndolo si no te hubiera sacado de mi testamento".

No debería haberme sorprendido, pero lo estaba. Tal vez fue más por su prisa al despojarme de su vida que por su crueldad. Siempre había tenido la esperanza de que tal vez cambiara sus costumbres, se convirtiera en un padre amable y atento. Amoroso. Eso nunca pasaría y tenía que dejarlo ir. Tenía a Sully y a Parker y ellos eran suficientes. Me daban todo lo que necesitaba y no era nada que el dinero pudiera comprar. Era amor.

"Entonces es bueno que no esté aquí por dinero".

Dobló su papel con precisión y lo puso en su regazo. "¿Por qué estás aquí? Has hecho tu cama".

Sí, sí, lo había hecho. Pensé en nuestra cama en Bridgewater, Sully y Parker dormidos a ambos lados. Estaba desnuda y los dos tenían una mano sobre mí, incluso mientras dormía. Estaba acogida y protegida, apreciada... y sí, amada. No sabía lo que era el amor antes de conocerlos, antes de que la Srta. Rose me ayudara a ver lo que realmente era. Con un padre como el hombre delante de mí, nunca lo había conocido.

"Estoy aquí por el Sr. Benson".

"¿Ah sí?"

"¿Eres consciente de las razones para casarse conmigo?"

"Por supuesto". Suspiró. "Mary, yo dirijo la mina de cobre más grande del mundo. Tus suposiciones menosprecian tu inteligencia, no la mía".

Sus insultos no fueron muy sutiles, pero los dejé pasar, porque esto era importante para mí. Para Sully. Para los tres.

"¿Sabes que la mina Beauty Belle está seca?"

Se rio y negó con la cabeza, regañándome y avergonzándome al mismo tiempo. "¿Seca? Imposible".

No me acobardaría. "¿Entonces por qué el Sr. Benson quería casarse conmigo?"

"Estamos fusionando los negocios de las dos minas para reducir empleados y mejorar la eficiencia. No necesitamos dos estaciones médicas o depósitos de comida si somos una sola organización".

Esa era una buena idea de negocio y no podía ofrecer ningún argumento.

"¿Qué estación médica cerraría?"

"La suya porque es más pequeña".

Asentí lentamente, relajé mis manos. Yo tenía razón. Mi padre era inteligente, pero el Sr. Benson era más astuto. "¿Y de quién es el depósito de comida que cerrará?"

"El suyo, porque está más lejos de la estación de trenes. Costará menos entregar la mercancía a la mina".

"¿Y qué ganaría el Sr. Benson con este arreglo?"

"¿Además de ti?" Me miró directamente, con sus ojos grises y penetrantes.

"Además de mí, ¿qué gana el Sr. Benson de su acuerdo comercial?"

"Cada uno gana el veinte por ciento de los intereses mineros del otro".

Asentí como si pensara en sus palabras. Estaba tan claro como el cristal, al menos para mí. "Y cuando mueras, ¿quién la heredaría?"

"Si tú te hubieras casado con el Sr. Benson, lo habrías hecho tú".

"Lo que significa que él lo habría heredado todo, ya que una esposa no puede tener propiedades. Las posesiones materiales de una esposa pertenecen a su esposo. Diría que el arreglo está a favor del Sr. Benson".

"¿Explicas tus insinuaciones de nuevo?"

"No son insinuaciones, son hechos". Fueron rumores, pero no iba a decírselo. "The Beauty Belle está seca, lo que significa que ganarías un veinte por ciento de nada. En cuanto al Sr. Benson, él ganaría un veinte por ciento de tu mina, que es próspera. Tú no necesitas ninguna acción de su compañía, porque no estás enfrentando la bancarrota y estás bastante solvente, pero en este acuerdo, todo lo que perderías es ese interés en *tu* compañía".

"¿Cómo sabrías algo así? ¿Quién te lo dijo? ¡No puedes saber nada sobre lidiar con negocios como este!"

Mi padre tiró el papel al suelo, se puso de pie y se acercó. Su paso era lento, pues era extremadamente obeso, y su gota seguramente se había inflamado de nuevo.

"Te olvidas, Padre. Tú eres el que me educó tan bien".

13

Mary

"No creo ni una palabra de lo que dices". Su cara se puso roja y usó el dorso de su mano para limpiarse la saliva de la barbilla.

"Deberías", dijo el Sr. Benson, entrando en la habitación.

Me volví para mirarlo, mis faldas sacudiéndose en mis tobillos.

"¡Benson! ¿Has escuchado esas mentiras?", preguntó mi padre.

El Sr. Benson me miró con astucia. La furia oscura seguía allí, en sus ojos, en la tensión de su mandíbula, en cada línea de su cuerpo. También vi la astucia que había escondido antes tan bien. Había desaparecido cualquier artificio de cuidado o preocupación, para mí o para mi padre.

Cerró la puerta tras él, giró la cerradura con una risita. Di un paso atrás, sabiendo que el hombre estaba desquiciado y que yo estaba realmente en peligro. Mi padre aún no se había dado cuenta.

"En realidad, Gregory, tu hija es muy astuta. The Beauty Belle está seca. Apenas le saco lo suficiente para pagar las cuentas".

Los ojos de mi padre se ensancharon y me preocupé por su salud. Nunca lo había visto tan enojado, tan fuera de control. "Esto es absurdo. ¡Estás ganando un millón al día!"

"Tú lo estás", contestó Benson. "Yo estoy sacando tanto como una puta barata de la calle Broad. Todo habría salido bien, si no fuera por ti".

Cambió su enfoque de mi padre hacia mí. Sabiendo que el arreglo estaba muerto, que no sería dueño de una porción de la mina Millard, quería venganza.

Di otro paso atrás, levanté las manos delante de mí. "Tú no te habías declarado y conocí al Sr. Sullivan mientras estaba en Billings. Fue muy romántico".

"¿Romántico? Hablaste de follar en la estación del tren".

Padre retrocedió, tropezó con un reposapiés. Una lámpara se tambaleó, un pequeño reloj se inclinó y se cayó.

"Él es mi esposo, Sr. Benson. Se me permite tener... encuentros sexuales con él".

"Sí, por supuesto que sí. ¿Pero no está aquí? ¿Dónde, por favor, está el Tirador Sullivan?"

Él sabía dónde estaba Sully, sabía que sus hombres pagados estaban cerca de matarlo. Sólo tenía que tener fe en que Sully y Parker, los otros hombres de Bridgewater, eran más hábiles y los superaban en maniobras. Tenía que esperar que todos estuvieran a salvo.

No esperaba que el Sr. Benson llegara a la casa de mi padre. Tenía la intención de contarle a mi padre el plan del Sr. Benson, advertirle para que no siguiera adelante. Era simple, realmente.

Excepto...

"¿Te casaste con el Tirador Sullivan?", preguntó mi padre, claramente aturdido.

"Sí, lo hice".

"Se casó con un hombre de Bridgewater", le dijo Benson a mi padre. "¿Sabes lo que eso significa?"

Le eché un vistazo a mi padre. Preferiría que escuchara la verdad de mí que del Sr. Benson. Estaba orgullosa de estar casada con ambos hombres. No lo disminuiría haciéndolo parecer manchado. "Significa que me casé con el Tirador Sullivan *y* con Parker Corbin. Dos hombres. Me casé con los dos hombres del tren".

Mi padre se quedó inmóvil, su cara pálida. "Tú... quiero decir... no lo entiendo".

No, no lo entendería.

"Significa que el Sr. Benson quiere a Sully muerto. Si eso ocurriera, entonces sería viuda. Alguien que se puede casar. No necesitaría tu acuerdo comercial para conseguir el dinero Millard. Yo he sido la clave todo el tiempo".

"¡Sí, pequeña perra, y lo arruinaste todo!" Los ojos del Sr. Benson se entrecerraron. Tenía sudor en la frente y empezó a acecharme por toda la habitación.

Mi padre buscó refugio detrás de su gran escritorio.

"¿Yo arruiné todo? Yo no hice nada. Viví mi vida como quería. Por primera vez, no hice lo que mi padre me pidió, lo que se esperaba de mí. Me casé por amor, no con un hombre, sino con dos. Me aman y me aprecian, y sí, me follan. Pero eso es el matrimonio, no es un *arreglo*".

Mi corazón me golpeaba en el pecho y empecé a temblar.

"Yo quería el trato de negocio, sí", admitió mi padre. "Pero pensé que el Sr. Benson era un buen candidato para ti. Claramente, estaba equivocado".

El Sr. Benson sonrió, sus dientes brillando como el blanco de sus ojos.

"El Sr. Sullivan está muerto". Sus palabras tenían una oscura vehemencia. Estaba tan seguro de sí mismo que mi fe en Sully estaba empezando a vacilar. "¿Y si... me he ocupado de él?"

No. No puede tener razón. Sully era demasiado bueno siendo... Sully. Tenía a Parker con él, y a los otros hombres de Bridgewater también. Negué con la cabeza lentamente. "Estás equivocado. Has sido vigilado. Sabíamos que tus hombres iban a venir".

"¿Qué hombres?", preguntó mi padre, tumbándose en la silla de su escritorio.

"Hombres contratados para matar a su esposo", dijo Benson.

"¿Con lo último de tu dinero?", pregunté. "Fue un desperdicio. Sully no está muerto".

"Eres una tonta. Ningún hombre, ni siquiera el Tirador Sullivan, podría sobrevivir a los O'Malley".

Nunca había oído hablar de ellos, pero eso no significaba mucho. Yo tampoco había oído hablar de la reputación de Sully y él era muy amable conmigo. A menos que no lo fuera y luego me tirara en la cama y... oh. No podía pensar en eso. Ahora no.

"Vendrás conmigo hasta que tenga noticias oficiales de su muerte. Después nos casaremos. Ninguna ceremonia eclesiástica, solo un Juez de Paz será suficiente".

"No me voy a ir contigo". Fui hacia atrás hacia una mesa auxiliar; una figurita de porcelana cayó al suelo de madera y se rompió.

Su ira irradiaba de él. "Ese bastardo, Sullivan. ¡Él te *robó* de mí! Tú eres mía. El dinero es mío. Tu padre no nos detendrá".

Un sonido horrible rasgó el aire y todos nos giramos para mirar la puerta. Había sido cerrada con llave, pero ahora se estrelló contra la pared de yeso con un fuerte ruido sordo, y luego rebotó. El marco de la puerta estaba astillado, arruinado.

Salté y jadeé, incluso el Sr. Benson dio un paso atrás.

Sully estaba allí, grande y musculoso, en la entrada. Su cabeza casi alcanza la parte superior del marco de la puerta. Entró en la habitación con su pistola en mano. "Puede que su padre no te detenga, pero yo sí que lo haré".

Dios, se veía tan bien. Recorrí mi mirada sobre cada centímetro de él. Se veía entero, sano. Perfecto. *No* estaba muerto. La respiración y el alivio me marearon.

Parker vino detrás de él, luego Kane. Los tres eran tan grandes que la habitación de repente se sintió pequeña. Pero el Sr. Benson estaba desesperado y fue rápido.

Me agarró de la muñeca y me tiró hacia él. La espesa fragancia del tónico capilar era empalagosa. Con un brazo atado a mi cintura, me envolvió la mano alrededor del cuello. La apretó. Su agarre estaba ajustado, un poco demasiado ajustado. Podía respirar, pero apenas. Mis ojos se abultaron y arañé su agarre con mis dedos. El pánico se apoderó de mí. Sully y Parker tenían los ojos bien abiertos y fijos en Benson, pero no se acercaron más.

¿Por qué no estaban ayudando? ¡Agárrenlo! Hagan *algo*. Respirando con dificultad, me moví y traté de apartarme del agarre de Benson, lo que le hizo reír, el sonido fue maníaco.

"Oh, ¿en serio? Un giro y está muerta". Su mano se apretó un poco más fuerte e hice un sonido de gorgoteo. Mis uñas se clavaron en la parte superior de su mano, en su muñeca, pero era fuerte.

Sully se veía más que furioso, pero yo no podía concentrarme en nada ni en nadie. Ya no más. Sólo en que el Sr. Benson estaba apretando su agarre.

"Déjala ir", dijo Sully. Nunca había oído su voz tan enfadada. "Me quieres muerto para poder casarte con ella.

La Novia Robada

Ella no tiene ningún valor para ti muerta. Además, no puedes matarme si la estás agarrando".

La mano del Sr. Benson se aflojó un poco y pude respirar. Tragué el aire, me relajé un poco en su agarre. Parecía una tontería no luchar contra él, pero estaba demasiado interesada en recuperar el aliento.

"Eso es un comienzo", le dijo Sully.

"Me estás apuntando con el arma, Tirador. No soy tan estúpido como para liberar a tu esposa. Me dispararás".

Sully levantó las manos de sus costados, caminó de lado a una pequeña mesa y dejó el arma en el suelo. "Ahí está. No voy a dispararte".

El Sr. Benson se relajó aún más.

"¡Benson!", gritó mi Padre.

El hombre se volvió instintivamente hacia mi padre y, cuando lo hizo, se alejó medio paso de mí.

Un disparo ensordecedor me hizo saltar y me cubrí los oídos.

La voz de mi padre fue rotunda. "Él no te va a disparar, yo sí".

El arma de mi padre estaba humeando y me tardé en entender que le había disparado al Sr. Benson. Cuando eso se hizo evidente en mi mente aturdida, el hombre cayó al suelo, sólido, denso. Muerto.

"Maldición", murmuró Parker.

Sully redujo la distancia entre nosotros y me atrajo a sus brazos. Sentí el latido de su corazón contra mi mejilla, sentí su calor. Sabía que estaba vivo. Me estaba besando en la parte superior de la cabeza, abrazándome tan fuerte que apenas podía respirar, pero esta vez, no me importó.

Me zumbaban los oídos por el único disparo, pero escuché hablar a Parker.

"¿Estás loco? ¡Pudiste haberla matado!"

"Puede que sea un viejo", contestó mi padre. "Puede que

incluso sea un bastardo cuando se trata de mi hija, pero soy muy buen tirador. Ese hombre amenazó a Mary y merecía morir".

Levanté la cabeza y miré a mi padre. Nunca antes había dicho que me amaba. Nunca me abrazó, ni me dijo que estaba orgulloso de mí. Nada. Pero el asesinato del Sr. Benson demostró que en algún lugar de su corazón, se preocupaba por mí.

"Padre..."

Negó con la cabeza, puso el arma en el escritorio. Kane se acercó y se puso a su lado, quitándole disimuladamente el arma. Dudaba que mi padre supiera que había matado a un hombre. Estaba en shock tanto como yo, quizás más. No sólo descubrió que su hija no había salido corriendo a acostarse con un extraño, sino que descubrió que su socio era corrupto y tenía la intención de cometer varios asesinatos.

Se había equivocado. Lo habían engañado. No esperaba una disculpa ni nada del hombre. Pero podría darle algo.

"Gracias, Padre. Gracias por salvarme".

Miré a Sully. Sus ojos contenían tantas emociones. Ira, furia, miedo, lujuria y angustia.

"Vamos a casa", le dije.

Asintió una vez, y luego nos giró hacia la puerta. Dudaba que me dejara salir de sus brazos en cualquier momento. Yo estaba bien con eso.

"Mary", llamó mi padre. Kane seguía de pie cerca de su escritorio, quizás para asegurarse de que no haría otra cosa imprudente. "Lo siento".

Sully me sacó de la habitación por el pasillo. Me preguntaba si sería la última vez que estaría en esta casa, si mi padre se había librado de mí de una vez por todas, pero no me preocuparía por eso ahora. Ahora, yo encontraría esa paz y tranquilidad con Sully y Parker.

14

*S*ULLY

Tomó tres horas que el alguacil fuera convocado, que inspeccionaran el cuerpo de Benson y que nos interrogaran sobre el incidente. El dinero y el prestigio Millard ayudaron, y nadie fue enviado a la cárcel antes de ser interrogado. Aunque puede que su padre fuera un imbécil, se había asegurado de que Mary se mantuviera afuera y alejada del cuerpo, al igual de que fuera la primera en contarle al agente lo que había ocurrido. Parker, Kane y yo ofrecimos nuestra información a continuación, y rápidamente, también, porque Millard insistía en que Mary había pasado por suficiente y en que la llevara a casa. Dijo que ella podía sucumbir a la histeria por su terrible experiencia. Aunque dudaba de ello, esto demostraba que el hombre tenía al menos algo que le importaba en su cuerpo.

Fueron necesarias tres horas más para montar de regreso a Bridgewater. Ella se sentó en mi regazo durante todo el viaje, pero permaneció callada, incluso se había quedado dormida con la mejilla contra mi pecho. Yo me había calmado durante el viaje, sintiéndome más a gusto cuanto más nos distanciábamos de Butte, mientras más la abrazaba. En el rancho, todo estaba tranquilo y Mary estaba a salvo. A menos que tuviera otra idea descabellada de nuevo. Antes de que terminara el día, Parker y yo nos aseguraríamos de que no volviera a hacer algo así.

De pie frente a la puerta principal, aprecié la vista tranquila—los pastos de la pradera ondeando en la suave brisa, las montañas nevadas a lo lejos. Los únicos sonidos eran los de los saltamontes y el viento.

Mientras Mary caminaba de la mano con Parker hacia la casa, supe que estaba justo donde pertenecía. Estaba con mi familia. Al casarnos con Mary, nos convertiríamos en lo que siempre había deseado. Pronto, haríamos la familia aún más grande. Quería ver a Mary redonda con un niño. *Mío*. Nuestro.

Muy posesivamente, llevamos a nuestra novia directamente al baño. Cuando empecé a llenar la bañera con agua de la cisterna calentada por el sol, Parker la ayudó a quitarse la ropa. Cuando se quitó el vestido, me di cuenta de que no llevaba puesta las medias ni los calzoncillos. Me complació que ella siguiera esa orden incluso mientras no estábamos.

La bañamos, Parker y yo arrodillados a cada lado de la bañera, usando jabón y nuestras manos para lavar la suciedad y la mugre del día.

"¿Por qué están siendo tan amables conmigo?"

"¿Deberíamos ahogarte en vez de esto?", preguntó Parker, pasando una toalla por encima de su pálido hombro.

Ella bajó la mirada hacia el agua. No había burbujas, sólo el aroma de las rosas que salían de la barra de jabón en mi mano.

"Pensé que estarían enojados".

"Yo estaba enojado", admití. "El viaje de vuelta a casa lo ha atenuado".

No sólo había estado enfadado. Había estado frustrado y asustado y... maldición, tantas emociones se habían apoderado de mí. Cuando entramos en la casa Millard y escuchamos el ruido desde el pasillo, seguimos el sonido de las voces alzadas. Había más de dos personas en esa habitación cerrada, lo que significa que no era sólo una pequeña discusión entre padre e hija. Nuestra novia, en el invariablemente corto tiempo que la habíamos conocido, nunca había sido una persona que hiciera berrinches, y dudaba que hubiera empezado entonces. Le di una mirada rápida a Parker y él asintió con la mandíbula apretada. Sólo una puerta nos separaba de Mary. Levantando la pierna, pateé justo al lado de la perilla de la puerta, forzando a la madera a astillarse alrededor de la cerradura sólida.

La visión ante nosotros cuando la puerta se abrió de golpe.... maldición.

"Estábamos tan asustados de que te hubiera pasado algo. Luego Benson—"

Parker no dijo más que eso, sólo hizo que Mary inclinara su cabeza hacia atrás para poder lavarle el cabello. En esa posición, pude ver que su cuello no tenía marcas del ataque.

"¿Mejor?", preguntó Parker, escurriendo el agua de las largas hebras de su cabello cuando terminó.

Yo sólo había estado observando.

Ella asintió, nos dio una sonrisa. "Mucho".

"Bien, entonces es hora de tu castigo", dije mientras me ponía de pie, agarrando una toalla de baño del taburete cercano.

"¿Castigo?, preguntó Mary, mirándome con el ceño fruncido.

Se veía perfecta. Entera. Ilesa. Su cabello era una masa

húmeda sobre un hombro. Sus mejillas eran de color brillante, que era mucho más agradable que antes cuando estaban pálidas por el shock. Bajo la superficie del agua, su cuerpo estaba tan pálido y exuberante. Sus pezones estaban gordos y llenos, y más abajo, podía discernir el destello de rizos pálidos en la parte superior de su vagina. Deseaba hundirme en su cuerpo, perderme en ella. Cuando Parker se levantó, se movió el pene en los pantalones y supe que sentía lo mismo. Era hora de que la tomáramos juntos, de que la reclamáramos plenamente. Pero eso tenía que esperar.

"¿Por qué debería ser castigada?"

Le sostuve la toalla y después de que Parker la ayudara a salir de la bañera, la envolví en ella. Tomó las puntas y se las colocó por el pecho, pero la tela se mojó instantáneamente y se aferró a cada una de sus curvas.

"¿Por qué?", preguntó Parker. Se desnudó y luego se metió en la bañera. "Tu nota sólo decía que fuiste a Butte. ¡A Butte! No sabíamos dónde estabas y tuvimos que ir a un burdel para encontrarte. De todas las mujeres del Territorio, tú deberías saber el tipo de hombres que frecuentan ese lugar".

Agarró el jabón sin perfume y se frotó el cuerpo.

"He estado a salvo cada vez que he ido en el pasado", contestó ella, observando las manos de Parker en el trabajo. "Hasta que me casé con ustedes, vivía en Butte. Nunca fui con chaperona cuando salí de la escuela".

"En el pasado, no estabas casada con nosotros y no estabas bajo nuestra protección", agregué, moviéndome para sentarme en el banco debajo de la ventana y quitarme mis botas. "Ir sola al burdel no fue tu única indiscreción. Viajaste hasta Butte tú sola, y luego fuiste a enfrentarte a tu padre. ¡Otra vez, sola! No estabas preparada para las peores consecuencias".

Parker se levantó y salió de la bañera. Tomó otra toalla de baño y comenzó a secarse.

"¿Tienes idea de lo que podría haber pasado en tu viaje a la ciudad?" Parker puso la toalla en el gancho para que se secara y sus manos en sus caderas. No buscó su ropa. No sería necesaria en el dormitorio. "Podrías haber sido arrojada del caballo. Una mordedura de serpiente de cascabel. ¡Delincuentes!"

No me gustaba mucho el agua usada, pero quería quitarme la suciedad antes de follar a Mary y tenía prisa. Rápidamente, me subí y me lavé.

"Yo tampoco sabía dónde estaban *ustedes* cuando se fueron, y estarían fuera durante días", contestó ella, sus palabras llenas de su propio enojo. "Fueron con otros, pero iban en contra de los delincuentes. ¡Delincuentes! Que llevan armas. Yo sólo fui a ver a mi padre. Mi *padre*".

"Tu padre es un imbécil y tiene conocidos que son despiadados", le dije, enjuagando el jabón. Fue un baño rápido; sólo un enjuague en un arroyo congelado se hacía más rápido.

"Ambos somos militares", le dijo Parker. "Igual que todos los demás hombres de Bridgewater. Sabemos cómo disparar, cómo luchar contra un enemigo. Planificar contingencias, malos resultados. Demonios, incluso inundaciones. Ese era nuestro trabajo. Proteger a los inocentes y luchar contra el enemigo es para lo que todos hemos sido entrenados. Al ir contra los hombres de Benson, no íbamos a ciegas. Éramos seis y los hombres que se quedaron contigo sabían el plan, sabían dónde estaríamos".

Salí de la bañera y me sequé.

"Yo estaba bien armada", argumentó ella. Su barbilla había subido y el color de sus mejillas ya no era por el baño. "Tenía la verdad. Hechos sobre el Sr. Benson que habrían asegurado que mi padre no haría negocios con él. Eso habría asegurado que el Sr. Benson no quisiera tener nada que ver conmigo. Era *libre*".

"¿Por qué no nos contaste sobre estos hechos contundentes?", le pregunté. Cuando le contó su versión del incidente al alguacil, nos enteramos entonces de la mina de Benson y sus razones para estar tan desesperado por casarse con Mary. "Podríamos haber ido contigo a ver a tu padre".

"Me enteré por Chloe, pero ustedes dos me afeitaron la vagina y me pusieron el tapón en el culo inmediatamente después. Me distraje y lo olvidé hasta que se fueron".

"Vas a estar distraída otra vez. Ahora mismo. Suelta la toalla".

Mary hizo lo que Parker le ordenó, dejando que la cubierta húmeda se deslizara hacia el suelo. No había ninguna manera de que ella pudiera extrañar nuestros penes duros, aunque siempre estaban duros cerca de ella y se había acostumbrado a ello.

Tomó su mano y la llevó a nuestro dormitorio. Los seguí, disfrutando de la vista de su perfecto balanceo de trasero mientras caminaba, incluso los pequeños hoyuelos justo encima.

"Esto es lo que va a pasar", continuó Parker, yendo a la cómoda y recogiendo un tapón de la caja de madera donde estaban guardados, y luego el frasco de pomada. "Nos vas a enseñar cómo puedes meter el tapón en tu culo, porque si te has portado bien, lo has estado haciendo mientras no estábamos. Después te vamos a dar azotes y *no* te vas a venir".

"Sabemos cuánto te gusta que te den de azotes y cuánto te gustan las cosas en el trasero. Eso está lejos de ser un castigo para ti", agregué.

"¿Me negarán mi placer?", preguntó ella.

"Entonces sabrás cómo nos sentimos cuando descubrimos que te habías ido. Frustrados, fuera de control. Necesitados".

"Después te vamos a reclamar, Sully en tu vagina y yo en tu trasero".

Nos pusimos de pie, esperando pacientemente que Mary asumiera su destino. El tapón iría en su culo—teníamos que asegurarnos de que estuviera realmente preparada para que la tomáramos juntos—y recibiría unos azotes.

"¿Quieres un azote de calentamiento antes del tapón?", preguntó Parker.

De los dos, yo era el más dominante. Mary venía a mí cuando quería que la follaran contra la pared o sobre la mesa de la cocina, rústico, duro y rápido. Cuando ella quería una montada más suave, encontraba a Parker, montando su pene o agarrando la cabecera mientras él la presionaba contra la cama tomándola. *Él* era el más suave, el más calmado. Pero ahora, después de lo que hemos presenciado hoy, Parker fue el que se aseguró de que aprendiera la lección.

Apretando los labios, nos miró a los dos, al tapón en la mano de Parker, y luego suspiró. Tomó el objeto duro y se arrastró hasta la cama. Parker se sentó en el borde y abrió la tapa del frasco mientras ella se acomodaba sobre su espalda.

"Preferiría que lo hicieras tú", admitió. No era delicada. No actuaba virginal o avergonzada por las cosas carnales que hacíamos juntos. Ella decía la verdad. Le gustaba un tapón en el culo y le gustaba cuando tomábamos el control. De lo que no se dio cuenta fue que cuando lo ponía ella misma, teníamos mucho control.

Poniendo una mano sobre su rodilla, Parker las separó y Mary dejó que sus piernas se abrieran. Su vagina perfecta estaba en exhibición.

Me paré en el pie de la cama, con las manos agarradas a la barandilla del estribo y miré. Era casi imposible no subirse a la cama y hundirse en ella. Estaba mojada, podía ver sus pliegues brillantes y resbaladizos. Estaría tan cálida, tan suave y se envolvería alrededor de mi pene tan perfectamente, su cuerpo ordeñando el semen de mis pelotas cuando se viniera.

"Mientras estábamos fuera, pensé en ti aquí en nuestra cama, usando este tapón tú sola", le dijo Parker. "¿Fue difícil poner el más grande adentro?"

"Al principio. Sólo me llevó un poco de tiempo", admitió.

Parker gimió. "Pensando en ti aquí, respirando profundo mientras lo introducías lentamente. Me voy a venir con solo pensar en ello. Vas a mostrarnos cómo lo hiciste".

15

Debe haberse dado cuenta de que nos complacería, o que tenía poder sobre nosotros con su cuerpo, porque tomó dos dedos y cubrió el tapón con la lubricación resbaladiza. Llevando sus rodillas hacia su pecho, puso el tapón en posición, presionándolo contra su roseta arrugada.

Alguien pudo haber llamado a la puerta. Diablos, un tornado podría haberse llevado la casa y ni Parker ni yo lo hubiéramos sabido. Sólo viendo a Mary llenarse con ese tapón, maldición. No entró fácilmente, pero Mary respiraba a través de este, empujándolo y tirándolo hacia atrás, y luego empujándolo de nuevo hasta que la separó, y luego se metió en su lugar.

Sus pies cayeron a la cama y suspiró. Me quedé mirando fijamente. Había tomado el tapón más grande, lo que significaba que podía tomar nuestros penes. Podríamos reclamarla como nuestra... finalmente.

"Buena chica", dijo Parker cuando terminó. Probó el asiento del tapón y ella gimió. Su rubor se extendió desde sus mejillas hasta su cuello y sobre sus senos. Un ligero brillo de sudor cubrió su piel. Satisfecho, le dio una palmadita al tapón, provocando un grito ahogado de sus labios. "Párate al lado de la cama. Dóblate para apoyarte en tus antebrazos".

Con cuidado, se movió y se levantó de la cama. Una vez que estaba de pie, Parker tomó una almohada y la colocó en el borde para que cuando ella se inclinara hacia adelante, la altura adicional levantara su trasero en el aire y lo colocara en la posición perfecta.

Sus mejillas estaban sonrojadas, su cabello estaba medio seco y rizado salvajemente por su espalda. Sus pezones eran picos pequeños y apretados y sus ojos estaban llenos de lujuria.

"Nos hemos casado con una chica traviesa", dijo Parker, acariciando su pene. "A ella le gusta ese tapón en el culo, Sully. ¿Estás lista para que mi pene te reclame allí?"

Mary miró el agarre apretado de Parker sobre su eje, cómo lo acariciaba, frotando la gota perlada de fluido en la cabeza con anhelo. Ella gimoteó. "Sí".

Parker se puso de pie y acarició su carne suave con una mano. Me acerqué y vi el mango del tapón separando sus mejillas, su vagina directamente debajo de él en perfecta exhibición. "Entonces pongamos este culo rosado y bonito primero".

Con una mano en la espalda, Parker la guio para que estuviera en la posición correcta.

Gemí, mi pene en la mano. Mis pelotas estaban ajustadas y me apreté alrededor de la corona gruesa tratando de no venirme con sólo mirarla. "Eres tan hermosa, cariño. Nos encanta que seas una chica tan traviesa. *Nuestra* chica traviesa".

La mano de Parker cubrió un lado de su trasero antes de

levantarlo. Se puso tensa, sabiendo lo que se avecinaba, pero aun así jadeó cuando la palma de su mano se conectó. Apareció una huella de mano instantáneamente, color rosado brillante junto a blanco.

"¡Parker!", gritó, mirándonos por encima de su hombro. Sus manos estaban bien apretadas en la sábana.

Él sonrió. "Te gusta esto, ¿verdad?"

Entrecerró los ojos y miró fijamente. "Sí, y lo sabes".

La volvió a azotar, en un lugar blanco que sólo le pedía color. "Disfrútalo todo lo que quieras, pero no te vengas".

Parker la reprendió entonces, dándole azotes lenta pero metódicamente.

"¿Qué tanto le gusta?", pregunté. Parker apartó su mano e inmediatamente deslicé mis dedos sobre sus pliegues. Pude ver que estaban mojados, pero sentir ese calor resbaladizo, deslizar dos dedos dentro de ella y hacer que sus paredes se apretaran era casi demasiado para soportar. Mary gimió y llevó la cabeza hacia atrás en una necesidad obvia, pero yo no podía dárselo. Aquí había una lección que necesitaba aprender primero, así que aparté la mano.

"Está goteando", dije, mi voz ronca con mi propia necesidad.

"Por favor", jadeó Mary.

Parker le dio otro azote. "¿Qué quieres?", preguntó él.

"A ti".

Esa palabra. Dios, esa palabra. Era despiadada y dulce, tentadora y perfecta. Tal vez Parker estaba hecho de material más duro, porque dijo: "Todavía no".

Le dio más azotes y rápidamente se hizo evidente que Mary estaba en el borde. Podría venirse con tan solo un azote, aunque el tapón en el culo sin duda ayudaba. Su cuerpo estaba tan sensible, tan receptivo a nosotros. Quería *todo* lo que hacíamos con ella.

"Yo... necesito. No puedo parar—"

Parker levantó la mano. "Tú puedes. Lo harás. No te puedes venir".

"¿Por qué?", gritó. Las lágrimas deslizándose por sus mejillas. Su cabello estaba más seco ahora y se aferraba a su cara y a su espalda en una maraña de sudor.

"¿Nos necesitas?"

"¡Sí!"

"¿Estás frustrada?"

Mary sollozó entonces, intentó girarse, pero le puse una mano en la espalda. Estábamos en el meollo de nuestra lección y era hora de que supiera que yo estaba tan involucrado en esto como Parker. Él la había azotado, pero esto era por todos nosotros.

"Por supuesto que lo estoy. ¡No me dejan venirme!"

"Así es como nos sentimos, cariño, cuando dejaste la nota", dije. "Cuando supimos que te fuiste sola. Estábamos tan frustrados".

"Te necesitábamos y no estabas allí", añadió Parker.

"Estábamos fuera de control. Indefensos. Desesperados".

Se tumbó en la cama, llorando. "Lo siento".

Me senté a su lado, la cama hundiéndose, y la subí a mi regazo. Jadeó mientras su trasero enrojecido presionaba contra mis muslos, pero me envolvió con sus brazos y lloró.

Parker se sentó a nuestro lado, le acarició el cabello.

"Me dejaron fuera. Separada". Sus palabras eran difíciles de discernir a través de sus lágrimas, así que solo la abracé y le metí la mano por la espalda hasta que se calmó un poco.

"Cuéntanos", presionó Parker.

"Fuimos al burdel por mi sugerencia y confiaron en mi destino. En ese momento no estábamos casados, pero me sentí como si estuviera incluida en la toma de decisiones. Sobre nosotros. Pero con los hombres del Sr. Benson, me dejaron atrás".

"Era peligroso", dije. "No serás colocada en peligro, nunca. No vamos a ceder en eso".

"Sí, pero me hubiera gustado estar involucrada. A pesar de que esos hombres necesitaban ser manejados, la solución era simple. Una que podría haber logrado con ustedes".

Las preocupaciones de Mary eran válidas. Aunque nunca pondríamos en peligro su seguridad, ella era inteligente y debía ser incluida en cualquier problema que encontráramos. Juntos.

Parker me miró. Parecía que podía leer mis pensamientos porque dijo: "Entonces debemos comunicarnos mejor. Debemos incluirte en conversaciones sobre actividades que pueden ser peligrosas".

"Eso no significa que participarás en las actividades", aclaré.

"A cambio", añadió Parker, inclinando la barbilla hacia arriba para que ella lo mirara a los ojos. "Nunca más te irás por tu cuenta de esa manera. Como dijimos, dejaste una nota, pero el viaje no es uno que ni siquiera los hombres de Bridgewater harían solos, y nunca sin un arma".

"Está bien", contestó Mary. "Lo siento. Realmente lo siento. Veo por qué estaban molestos, por qué fui castigada".

Le besé la parte superior de la cabeza, respirando el aroma de rosas. "Más tarde, también te disculparás con Kane".

Asintió, su cabeza golpeando mis labios.

Parker se puso de pie y yo me incliné hacia adelante, empujando a Mary sobre su espalda e inclinándome sobre ella.

Observé su cara llena de lágrimas, sus ojos tan claros, tan pálidos. Su piel todavía estaba sonrojada, su excitación sólo disminuyó, no se atenuó. "¿Dijiste que necesitabas algo de nosotros?"

El calor invadió sus ojos y una brillante sonrisa se

extendió por su rostro. Negó con la cabeza, lo que me hizo fruncir el ceño.

"No necesito algo *de* ti. Sólo te necesito a ti". Levantó una mano en el aire hacia Parker. "Y a ti".

"Tienes todo el dinero del mundo y, sin embargo, quieres algo que no tiene valor y que se da libremente", murmuré. "Me sorprendes".

Levantó su mano y me acarició el cabello y me puso cubrió cuello. "¿Sin valor? Creo que lo que tenemos, lo que compartimos juntos, no tiene precio". Volteó la cabeza y miró a Parker. "Estoy lista".

Parker estaba agachado junto a la cama. "Sí, lo estás. Estás lista para tus hombres".

"Eres nuestra, Mary", agregué. "Es hora de reclamarte. Juntos".

16

Mary

Mi cuerpo vibraba por todos lados. Mi trasero estaba ardiendo y palpitando por los azotes de Parker. No me lo había puesto fácil, porque no lo estaba haciendo como juego. Fue un castigo, puro y simple. A pesar de todo, mi cuerpo todavía reaccionaba, todavía ansiaba más, todavía tenía hambre. Me *gustaba* cuando eran rústicos. Me *gustaba* cuando me azotaban. Me *gustaba* cuando ponían sus dedos dentro de mí. No me gustaba no poder venirme. Había estado tan cerca, pero ellos de alguna manera lo sabían, sintieron que estaba al borde del abismo y se detuvieron. Una y otra vez fui torturada con el brillante placer, pero fue negado.

Me sentía frenética, desesperada, fuera de control y tan jodidamente frustrada. Comprendí cómo se sintieron cuando dejé una nota y me fui a Butte. Sí, eran sobreprotectores y dominantes, pero yo fui imprudente. No quería volver a sentirme así, no quería que *ellos* volvieran a sentirse así.

Con Benson muerto... me estremecí. Él era malvado y no podía creer que Papá le hubiera disparado. Quizás había más en el hombre, más en nosotros dos de lo que yo sabía, pero ahora no era el momento de descubrirlo.

Ahora era el momento de estar con Parker y Sully. Juntos. Yo continué estirando y entrenando mi trasero para sus penes y con el tapón más grande dentro de mí y ahora sabía que podía tomarlos. Quería tomarlos a los dos.

Lo *necesitaba*. Los *necesitaba* a ellos.

Sólo podía decir una cosa, la única palabra que esperaban con impaciencia. "Sí".

Con esa palabra tan breve, fui levantada y maniobrada en la cama como si no pesara nada. Sully se acostó sobre su espalda, con la cabeza sobre las almohadas y el cuerpo tendido como una ofrenda. Una ofrenda que estaba más que ansiosa por aceptar.

Mi vagina se apretó con la necesidad de ser llenada con ese enorme pene. El fluido claro se filtró por la abertura de su pene y corrió por la gruesa vena que latía a lo largo del pene. Me arrodillé en la cama, Parker se sentía como un cuerpo duro y caliente a mi espalda. Me cubrió los senos y me pasó los pulgares por los pezones mientras yo babeaba sobre el pene de Sully. Lo necesitaba. Necesitaba probar esa gota de perla, sentirlo caliente y grueso en mi boca.

Le dije eso.

Los ojos de Sully se volvieron aún más oscuros, encendidos por el calor.

Las manos de Parker me soltaron y me incliné hacia adelante, agarrando el pene de Sully con mis manos, luego saqué la lengua y lo probé, probé su esencia. Salado y picante, cubrió mi lengua y quería más. Esa pequeña gota era para mí. Toda para mí. Abriéndome completa, me metí la corona acampanada en la boca y me la chupé. El cuerpo de Sully se puso tenso y maldijo en voz baja.

No podía ver lo que Parker estaba haciendo, pero sentí que la cama se movió. Mientras tomaba un poco más de Sully en mi boca, sentí las grandes manos de Parker en mis muslos, insistiendo en que separara las rodillas. No había manera de que pudiera llevarme todo el pene de Sully a la boca, así que empecé a acariciarlo hacia arriba y hacia abajo de su eje mientras levantaba y bajaba mi cabeza. Su mano cayó en mi cabello y se enredó allí, manteniéndome en el lugar. Estaba haciendo algo bien.

Cuando sentí la lengua de Parker en mi vagina, lamiendo mis pliegues y luego mi clítoris, gemí. Eso, por supuesto, hizo que Sully gimiera.

"Haz eso de nuevo, Parker", dijo Sully. "Sea lo que sea que hayas hecho, sus gemidos vibran en mi pene".

Parker lamió mi clítoris, y luego lo chupó en su boca. Gemí de nuevo, y Sully gimió.

"Estaba tan mojada por los azotes, que la estoy lamiendo hasta dejarla limpia. Así podamos ensuciarla de nuevo". Tal vez fueron las palabras de Parker, o tal vez estaba empujando a Sully demasiado cerca del borde, pero él tiró suavemente de mi cabello, levantándome de su pene.

"Quiero mi pene enterrado en tu vagina cuando me venga. Móntame".

Parker me dio una última lamida, luego un beso en la cara interna de mi muslo, antes de enderezarse.

Levanté mi pierna sobre su vientre plano, mis manos en la parte superior de su pecho para mantener el equilibrio. La sensación de calor de su piel, el suave cosquilleo de los vellos, me hizo darme cuenta de lo grande que era. Todo un hombre. Era viril y peligroso. Potente y poderoso. Y, sin embargo, lo había reducido a gemidos de placer con mi boca en su pene.

Podríamos reducirnos unos a otros a los más bajos de los seres, perdidos sólo en lo que los otros estaban haciendo. Anhelábamos, necesitábamos, dábamos.

Levantándome, me coloqué por encima de su pene y me senté de nuevo, esa deliciosa corona empujando mi entrada. Yo estaba resbaladiza y mojada y ansiosa por él. Empujándome hacia abajo, sentí que los labios de mi vagina se separaban para su pene, abriéndose al mismo tiempo que él comenzaba a llenarme.

Mi cabeza cayó hacia atrás ante la exquisita sensación de él. Caliente dentro de mí, caliente debajo de mis palmas, caliente contra el interior de mis muslos. Más y más abajo me hundí hasta que me senté a horcajadas en su regazo. Mientras lo hacía, el tapón de mi culo le dio un empujón en los muslos y me quedé sin aliento. Estaba tan apretada, tan llena de pene y de un tapón duro.

No fue suficiente. Quería más. Así que empecé a moverme. Me deslicé hacia arriba y abajo, moviendo y rotando mis caderas, asegurándome de que mi clítoris se frotaba contra él a la perfección. Mis ojos se cerraron y gemí. Esto era lo que faltaba durante los azotes. Había estado vacía y ahora estaba tan llena.

La mano de Parker se deslizó por mi columna vertebral, y luego retrocedió en una suave caricia. "Inclínate hacia adelante, cariño".

Apoyándome en mis codos, me tumbé sobre el pecho de Sully, nuestra piel resbaladiza de sudor. Mis pezones se sintieron desgastados contra su pecho. Sus manos cubrieron mis caderas, me sostuvieron en su lugar mientras me besaba. Lenguas enredadas, alientos mezclados. Éramos realmente uno. Pero uno no era suficiente.

Tenía dos esposos y también estaba desesperada por Parker. Con un suave tirón, empezó a quitarme el tapón de mi trasero. Al principio, me abrió y jadeé contra la boca de Sully, pero se deslizó fácilmente y después me sentí vacía.

Gimoteando, moví las caderas. Más. Necesitaba más.

"Shh", calmó Parker.

La boca de Sully se movió hasta la línea de mi mandíbula, por mi cuello mientras sentía que la cama se sumergía, sentía que Sully movía sus piernas para hacerle espacio a Parker. Sin más demora, sentí la cabeza ensanchada de su pene empujando mi culo entrenado. Estaba resbaladizo y caliente, insistente, una sensación completamente diferente a la del tapón.

Sully continuó besándome mientras sus caderas se inclinaban ligeramente, permitiendo que mis paredes internas fueran acariciadas y empujadas por su pene mientras me mantenía en el lugar para Parker.

La presión de la invasión de Parker creció y rompí el beso con Sully. Sólo podía respirar y sentirme segura en sus brazos con sus manos en mis caderas. Parker agarró mi hombro y me sentí invadida. Estaba entre ellos y pronto llena por ambos.

De repente, mi cuerpo se rindió y su pene se deslizó más allá del anillo apretado de músculo que había sido entrenado para aceptarlo. Gemí ante la sensación gruesa; palpitó y estaba cálido, duro y suave al mismo tiempo. Se movió hacia adentro, luego se retiró, cada vez más y más profundamente hasta que él también estaba completamente colocado.

Todos estábamos respirando con dificultad, el sudor cubría nuestra piel. Esto no era un acto sexual virginal. Esto era oscuro y travieso, pero amoroso y el más íntimo de los actos. Estaba permitiendo que estos dos hombres me reclamaran, que me tomaran juntos. A pesar de que ellos estaban a cargo, yo era la que tenía todo el poder. Yo era la que los unía en cuerpo y alma.

Y cuando el pene de Parker estaba completamente

colocado, no pude hacer nada más que renunciar a todo el control. Yo era de ellos, estaba atrapada entre ellos, llena de penes. Empalada, rellena. Tomada. Había tantas palabras, tantas sensaciones por cómo me sentía para decir en voz alta, así que puse mi cabeza sobre el hombro de Sully y respiré.

Cuando Parker comenzó a retroceder lentamente, Sully empujó sus caderas, dándole un toque más profundo. Cuando se retiró, Parker me llenó. Trabajaron en sincronía, oponiéndose a las fuerzas que trabajaban para llevarme al borde del abismo y más allá.

No fue tan difícil de hacer. Había sido preparada por su castigo—el abdomen de Parker chocó contra mi tierno trasero mientras me tomaba por el culo. No había que olvidar sus dominios en todas las cosas. Yo estaba sensible y ansiosa, mi orgasmo justo allí, tan brillante, tan oscuro y codicioso.

Yo lo quería. Lo necesitaba. Necesitaba todo lo que mis hombres me daban.

"Tómalo", dijo Sully, como si pudiera sentir lo cerca que estaba.

"¡Sí!" Jadeé.

"Eres nuestra, Mary". La voz de Parker fue un sonido áspero y gutural.

"¡Sí!" Repetí.

Sí, sí, sí.

Necesitaba que me llenaran, que me reclamaran, que me follaran. Necesitaba estar atrapada entre los dos, porque ahí es donde pertenezco.

"¿Puedo venirme?", le pregunté. Quería sus permisos, quería darles todo. Mi control era todo lo que me quedaba y una vez que ellos dieran sus afirmaciones, estaría perdida. Se los di como si fuera mi cuerpo, mi vagina, mi culo, mi corazón.

"Ahora, cariño. Vente ahora y te voy a llenar".

"Sí. Vente y aprieta nuestros penes. Ordeña el semen, tómalo profundo".

Las olas de placer y necesidad fueron demasiado grandes. Sucumbí en una tensa y brillante ráfaga de luz. Mi cuerpo se puso tenso, mi grito atrapado en mi garganta. Todo lo que podía hacer era apretar y sostener a mis hombres dentro de mí, para sacar el semen de sus cuerpos de la manera más elemental.

El agarre de Sully me apretó los muslos y, con un último empujón, gimió. El semen caliente me inundó por dentro, chorro tras chorro espeso. Parker siguió inmediatamente después, me apretó el agarre del hombro y su pene pulsó profundamente dentro de mí.

Sus sémenes me cubrieron. Me marcaron. Me hicieron suya. No quedaba nada entre nosotros. Ni barreras. Ni paredes. Ni un plan ruin.

Éramos libres.

Gimoteé cuando Parker se salió, suspiré cuando Sully se deslizó, pero me acurruqué en ellos cuando se movieron ambos lados de mí. Todavía estaba entre ellos, todavía tenían sus manos sobre mí. Nada nos separaría. Tenía recuerdos físicos de esto—un trasero que me picaba, seguramente algunos moretones que se formaron en mis caderas, semen deslizándose de mí, pero ni siquiera necesitaba nada de eso porque tenía sus corazones y ellos tenían el mío.

¿QUIERES MÁS?

Libro dos de la serie de Bridgewater: *La novia Sinvergüenza!* ¡Lee el primer capítulo ahora!

Cuando Abigail Carr regresa a Bridgewater después de muchos años afuera en Finishing School, Gabe y Tucker Landry no serán disuadidos por la única mujer que ha mantenido sus atenciones—y afectos—durante años. Ya se cansaron de esperar. Cuando Abigail afirma que debe regresar a Butte, y volver con su prometido, Gabe y Tucker se niegan a rendirse tan fácilmente. En vista de que ella no tiene un anillo en su dedo, ni amor en su corazón, ellos consideran a Abigail libre para ser tomada. Y la seducen, lo hacen… justo en Bridgewater, donde no solo se casan con ella, sino que reclaman su cuerpo en la experiencia más sensual de la vida de Abigail.

Pero Abigail sabe que un futuro como esposa y madre no es posible, no para ella. Ella solo fue a casa para salvar la vida de una amiga y no pretende quedarse. Si no regresa a Butte en los próximos tres días, su mejor amiga morirá. Y no importa cuánto desea quedarse Abigail, y ser la esposa que Gabe y Tucker se merecen, debe salvar a su amiga. El criminal cruel que amenaza a su amiga no dudará en matar a cualquier persona importante para Abigail, incluyendo a sus nuevos esposos.

Abigail tomará una decisión difícil y los salvará a todos…no importa el costo para ella misma o para su corazón.

¡RECIBE UN LIBRO GRATIS!

Únete a mi lista de correo electrónico para ser el primero en saber de las nuevas publicaciones, libros gratis, precios especiales y otros premios de la autora.

http://vanessavaleauthor.com/v/ed

ACERCA DE LA AUTORA

Vanessa Vale es la autora más cotizada de *USA Today*, con más de 60 libros y novelas románticas sensuales, incluyendo su popular serie romántica "Bridgewater" y otros romances que involucran chicos malos sin remordimientos, que no solo se enamoran, sino que lo hacen profundamente. Cuando no escribe, Vanessa saborea las locuras de criar dos niños y averiguando cuántos almuerzos se pueden preparar en una olla a presión. A pesar de no ser muy buena con las redes sociales como lo es con sus hijos, adora interactuar con sus lectores.

Facebook: https://www.facebook.com/vanessavaleauthor
Instagram: https://www.instagram.com/vanessa_vale_author

www.ingramcontent.com/pod-product-compliance
Lightning Source LLC
LaVergne TN
LVHW011838060526
838200LV00054B/4088